हिन्द पॉकेट बु

तपस्या

विमल मित्र प्रख्यात बांग्ला लेखक व उपन्यासकार थे। विमल ने सन् 1938 में कलकत्ता विश्वविद्यालय से बांग्ला साहित्य में एमए की उपाधि ली और रेलवे में विभिन्न पदों पर नौकरी की। जून 1956 में डिप्टी चीफ कंट्रोलर के पद से इस्तीफा दे दिया और स्वतंत्र लेखन करने लगे। उन्होंने भारतीय साहित्य को लगभग साढ़े तीन दशकों तक लिखते हुए 60 से अधिक उपन्यास और कहानी संग्रह दिए हैं। उनकी सर्वाधिक चर्चित कृतियों में *साहिब बीवी और गुलाम* शामिल है, जिस पर एक लोकप्रिय फिल्म का भी निर्माण हुआ। *मुजरिम हाज़िर* नामक उनकी एक अन्य कृति पर एक लोकप्रिय टीवी धारावाहिक का भी निर्माण हुआ।

तपस्या

विमल मित्र

हिन्द पॉकेट बुक्स
पेंगुइन रैंडम हाउस इम्प्रिंट

हिन्द पॉकेट बुक्स

यूएसए। कनाडा। यूके। आयरलैंड। ऑस्ट्रेलिया। सिंगापुर
न्यू ज़ीलैंड। भारत। दक्षिण अफ्रीका। चीन

हिन्द पॉकेट बुक्स, पेंगुइन रैंडम हाउस ग्रुप ऑफ़ कम्पनीज़ का हिस्सा है,
जिसका पता global.penguinrandomhouse.com पर मिलेगा

पेंगुइन रैंडम हाउस इंडिया प्रा. लि.,
चौथी मंजिल, कैपिटल टावर -1, एम जी रोड,
गुड़गांव 122 002, हरियाणा, भारत

पेंगुइन
रैंडम हाउस
इंडिया

प्रथम हिन्दी संस्करण हिन्द पॉकेट बुक्स द्वारा 1997 में प्रकाशित
यह हिन्दी संस्करण हिन्द पॉकेट बुक्स में पेंगुइन रैंडम हाउस द्वारा 2022 में प्रकाशित

10 9 8 7 6 5 4 3 2

ISBN 9789353497064

मुद्रकः रेप्रो इंडिया लिमिटेड

www.penguin.co.in

FSC www.fsc.org MIX Paper from responsible sources FSC® C047271

This is a legitimate digitally printed version of the book and therefore might not
have certain extra finishing on the cover.

तपस्या

यह कहानी सौ, दो सौ या तीन सौ साल पुरानी नहीं है, बिलकुल आज की ही है।

लेकिन तीन सौ साल पहले भी यहां एक दिन ऐसे ही लोग जमा हुए थे। दिल्ली की मसनद पर उस समय शाहजहां था। शाहजहां के हुक्म पर एक दिन कासिम खां फौज लेकर हुगली के रास्ते यहां आ पहुंचा। शहर लूटा, घर तोड़-फोड़ डाले, मन्दिर नष्ट किए, गिर्जा तोड़ा, आदमी, औरत, बच्चे किसी को भी नहीं छोड़ा। देखते-देखते गंगा-किनारे पादरी डी-क्रूज साहब का गिर्जा खंडहर हो गया। सारी रात आंधी-पानी में बीती, लेकिन पौ फटते ही जैसे बारिश अचानक रुक गई और हुगली शहर के लोगों ने आंखें फाड़े आश्चर्य से देखा—बीच नदी से फादर डी-क्रूज साहब चले आ रहे हैं। उनके दोनों हाथ ऊपर उठे थे, और हाथ में थी पत्थर की प्रतिमा, वर्जिन मेरी की।

फिर क्या था, 'हरि बोल, हरि बोल' की जय-जयकार के साथ 'गुरु मां आ गईं, गुरु मां आ गईं' की ध्वनि से जैसे आकाश गूंज उठा। वर्जिन मेरी को वे लोग इसी नाम से पुकारते थे।

हां, तो आज वहां फिर उसी तरह भीड़ लगी थी।

गिर्जा अब पुराना हो गया है। दीवालों पर काई जमी है। आसपास के पेड़ भी पुराने और बूढ़े हो गए हैं। नियमित देखभाल न होने से कोई इधर ज्यादा आता भी नहीं है, यहां तक कि खास बैंडिल के लोग भी इस ओर

घूमने नहीं आते; लेकिन आज आए हैं। बगीचे के एक ओर कुछ सीढ़ियां हैं। सीढ़ियां चढ़कर एक चबूतरा है। उस चबूतरे पर ही एक औरत बेहोश पड़ी है।

भीड़ में से किसी ने पूछा, "अरे भाई, यहां क्या हुआ है? किस बात की भीड़ है?"

एक ने कहा, "सुना है, कोई मर गया है।"

"कौन मरा है?"

"क्या मालूम, मरने को भी और कोई जगह नहीं मिली! मरा भी तो यहां, इस गिर्जे में आकर!"

लेकिन मन्दिर के देवता के दर्शनों को जिस प्रकार शुरू से पहली, फिर दूसरी सीढ़ी चढ़नी होती है, शिल्प के देवता के लिए यह सब कुछ नहीं है। वहां का हाल ही निराला है। एक शब्द में कोई नियम-कानून नहीं है। बीच से भी आरम्भ किया जा सकता है और अन्त से भी। शिल्प देव आरम्भ के पहले से ही शुरू हैं और समाप्ति के पश्चात् भी बाकी। मतलब यह है कि आरम्भ वहां आरम्भ नहीं है और अन्त अन्त नहीं, बीच में सिर्फ यह जीवन ही एक महान् शिल्प है। इस जीवन-शिल्प को लेकर ही मेरी यह कहानी है।

पहले पेज पर नाम लिखकर कहानी अभी शुरू करने ही वाला था, एक मित्र देखकर कहने लगे, "इतने नामों के होते हुए तुम्हें यही नाम रखने को मिला!"

मैंने कहा, "मेरी यह कहानी एक लड़की पर आधारित है।"

"उससे क्या, तुम्हारी और भी तो कितनी ही कहानियां दीदियों पर केन्द्रित हैं—पुतुलदीदी, सोनादीदी, मिष्टिदीदी, कालोजामदीदी—उसी तरह का कोई नाम दे सकते थे। इसके अलावा यह कठिन भी तो कितना है!"

"जिसको लेकर मेरी कहानी है, उसका जन्म ही मिथुन लग्न में हुआ था। इसके अलावा उसका नाम भी ऐसा कुछ अच्छा नहीं है, कम से कम कहानी के शीर्षक के लायक तो नहीं ही है। एकदम साधारण घरेलू लड़की। मिल की मोटी साड़ी, आंखों पर मोटे कांच का चशमा और पढ़ने-लिखने में ही समय काटने वाली, पुरुषों के साथ उसका कोई सम्पर्क नहीं है। ऐसी लड़की का नाम

यदि सुधन्या या उदिचि रखता तो क्या ठीक रहता? इससे तो उसका नाम असली नाम देना ही ठीक है।"

मित्र ने पूछा, "असली नाम क्या है?"

"कमला।"

"अरे, वही अपनी सुधीर बाबू की लड़की न?" मित्र ने पूछा।

मैंने कहा, "नहीं।"

"तब क्या हम लोगों के साथ पढ़ती थी, वही, कमला बोस न?"

"अरे नहीं, तुम उस कमला को नहीं पहचानोगे। मैं भी कमला दत्त को नहीं पहचानता। यों तो सुनी-सुनाई कहानी है। उसने जो कहा, ठीक वही लिख रहा हूं, जरा भी घटा-बढ़ी नहीं करूंगा।"

सच में बढ़ाने या घटाने जैसा कमला के जीवन में कुछ है भी नहीं। कमला दत्त के जीवन में कोई नाटक भी नहीं है। एक शब्द में उसके जीवन को लेकर कोई कहानी ही नहीं हो सकती। हुगली गर्ल्स स्कूल की हेड मिस्ट्रेस कमला दत्त एम० ए०, बी० टी० ने कभी सोचा भी नहीं होगा कि मैं, आदिनाथ का मित्र, किसी दिन उसीके जीवन को अपनी कहानी का कथानक बनाऊंगा। यह मालूल होने पर कमला के समान स्त्री शायद आदिनाथ को इतनी बातें नहीं बतलाती। चलते समय जिस औरत के टखने तक दिखलाई न दें, जिसने किसी परिचित के सामने भी अपने दिल की बात नहीं कही, जो इस समय भी अपना नाम लिखती है 'कमलाबाला दत्त', उसी लड़की की यह कहानी है। जान लेने पर शायद आत्महत्या ही कर बैठेगी। लेकिन आदिनाथ को मैंने वचन दिया है कि जिस प्रकार उसने बतलाया है, ठीक उसी ढांचे में उसका चरित्र बैठाऊंगा, जरा भी इधर-उधर नहीं होगी। न जरा-सा भी बढ़ाऊंगा, न घटाऊंगा। यह ठीक है कि कमला दत्त आज सोचने-समझने लायक नहीं है, लेकिन आदिनाथ तो है, सुकुमारी बसु तो है। और वही राममोहन सेन—हुगली गर्ल्स स्कूल के सेक्रेटरी। स्कूल खत्म हो जाने से क्या है, स्कूल के सेक्रेटरी तो सशरीर मौजूद हैं!

अगली बात शुरू करने से पहले एक बात और कह डालूं।

काफी दिन कलकत्ते से बाहर रहा। बाहर रहते समय कलकत्ते के मित्र,

समाज, साहित्य सब कुछ प्रायः भूल ही गया था। मैं कभी कहानी लिखता था अथवा कभी लिखूंगा, यह बात कभी मेरे दिमाग में ही नहीं आई। वैसे यह सब मैं 'सोनादी' की कहानी लिखते समय लिख चुका हूं, इसलिए इस समय नहीं लिखने से भी कोई ज्यादा नुकसान न होगा।

जो भी हो, काफी दिनों बाद जब कलकत्ते लौटा तो सब कुछ बदल गया था। जो दोस्त बेकार थे, उन्हें नौकरी मिल गई थी; जो धोती-कुर्ता पहनते थे, अब सूटबूटधारी हो गए थे; गरीब अमीर हो गए तथा कुमार नोन-तेल-लकड़ी के चक्कर में फंस चुके थे। सबसे आश्चर्यजनक बात तो आदिनाथ ने कर डाली। अरे वही अपना पुराना बैठकबाज दोस्त आदिनाथ।

आदिनाथ ने शादी की है, लेकिन सब लोग जिस प्रकार शादी करते हैं, वैसे नहीं। जहां तक मुझे पता है, आदिनाथ का मेलजोल, यों कहिए सम्बन्ध, पांच-छः लड़कियों से था और पांचों से ही शादी करने की उसकी प्रतिज्ञा के बारे में भी मालूम था, लेकिन रमा नहीं, रमला नहीं, सुतपा नहीं, सुप्रीति नहीं; उसने शादी की भी तो सुकुमारी से! और जो भी हो, कम से कम उससे शादी होने की तो कोई बात थी ही नहीं।

मिलते ही पूछा, "आखिर में सुकुमारी ही मिली शादी करने को?"

आदिनाथ ने कहा, "हां सुकुमारी से विवाह किया। चार-पांच बच्चे भी हो गए हैं। तुम्हीं, नहीं सभी मुझसे यही सवाल करते हैं; लेकिन असली कारण कोई भी नहीं जानता।"

"लेकिन तुझे आखिर सुकुमारी ही क्यों पसन्द आई?" मैंने पूछा।

आदिनाथ ने कहा, "वैसे और सभी को मैंने यूं ही जवाब देकर चलता किया है, लेकिन असल में बात दूसरी है, वह कोई भी नहीं जानता। जानता हूं सिर्फ मैं और सुकुमारी।"

"जरा मैं भी तो सूनूं तुम्हारा असली कारण?"

"असल कारण है कमला दत्त..."

"कमला दत्त? यह कौन है?"

"कमला दत्त, हुगली गर्ल्स स्कूल की हेड मिस्ट्रेस।" आदिनाथ ने बतलाया।

अवाक् हो गया। पूछा, "तुम रहते हो टालीगंज। कहां टालीगंज और कहां हुगली! उसके साथ तुम्हारा परिचय कैसे हुआ?"

आदिनाथ ने कहा, "वह एक लम्बी कहानी है, फिर किसी दिन कहूंगा। जो बात अभी तक किसीको नहीं बतलाई, तुम्हें बतलाऊंगा। तुम हो कहानीकार, मेरी बात ठीक से समझ पाओगे। यह तो तुम्हें मालूम ही होगा कि मैंने घर से सब सम्बन्ध तोड़ दिए हैं और अलग एक किराये के मकान में रहता हूं। तुम्हारे आने से सुकुमारी भी खूब खुश होगी। उसने वह नौकरी छोड़ दी है।"

"नौकरी? कौन-सी?"

"वही हुगली गर्ल्स स्कूल की नौकरी—कमला दत्त के स्कूल में ही तो सुकुमारी नौकरी करती थी।"

आदिनाथ से कमला दत्त की कहानी सुने भी कई साल गुजर गए हैं। इतने दिन तक लिखा नहीं, इसका भी एक कारण है—प्यार-मोहब्बत की कहानी लिखते घबड़ाता हूं, विशेषकर कमला दत्त के प्रेम की। जो प्रेम अपनी ओर आकर्षित करता अथवा जिसमें धक्के खाने पड़े, वह प्रेम तो साधारण प्रेम है। जो प्रेम सृष्टि न कर सिर्फ ध्वंस करना ही जानता है, उसमें भी कोई खास बात नहीं है। लेकिन जो प्रेम अपनी ओर खींचता नहीं, दुत्कारता नहीं, सृष्टि भी नहीं करता, यहां तक कि ध्वंस भी नहीं करता, लेकिन जो अमंगल के भयंकर ढाल पर ठेल देता है; जो न जीवन है न मौत ; जिसकी अन्तिम मंजिल है जीवन और मौत के बीच की एक भयावह स्थिति—उस प्रेम को क्या कहूं?

आज भी आंख बन्द करने पर दिखलाई देता है बैंडिल स्टेशन पर उतरकर आदिनाथ का वही कोई एक मील तक घोडागाड़ी लेकर जाना। ठेठ कलकत्ते की लड़की सुकुमारी सप्ताह के छः दिन होस्टल में एक तरह से बन्दी की तरह रहती थी। शनिवार को शाम होते-होते आदिनाथ आ पहुंचता। बैंडिल स्टेशन की बाईं ओर प्लेटफॉर्म पार कर रास्ते पर दिखलाई देगा एक विशाल पीपल का पेड़, जिसके नीचे दो-तीन मामूली दर्ज़े की घोड़ागाड़ियां खड़ी रहती हैं, लेकिन सबसे साफ दिखाई देगा—तीन सौ साल पहले का वही गिर्जा। वही वर्जि मेरी। उजड़े बाग के कोने में वही काई-लगी ऊंची सीढ़ियां

और उसके ऊपर वही नीरव चबूतरा, जिसे आज भी कमला दत्त, आदिनाथ, सुकुमारी और राममोहन सेन स्थायी रूप से घेरे हुए हैं।

साईस भी आदिनाथ को पहचान गए थे। हर शनिवार को दो दस की लोकल से यह बाबू आता है, फिर करीब एक घंटे में लौटता है। साथ में होती है गर्ल्स स्कूल की एक 'दीदीमनि'। गाड़ी का दरवाजा-खिड़की सब बन्द कर बात करते-करते जाते हैं। साईस के कानों तक सिर्फ दो गलों की आवाज ही पहुंच पाती है। वे लोग न बात समझ पाते हैं, न समझने की कोशिश ही करते हैं, इसके बाद चार बजे की लोकल में चढ़ाकर उन लोगों की छुट्टी। आने-जाने का किराया डेढ़ रुपये। कुर्ताधारी बाबू जेब से मनीबेग निकाल किराया देकर जल्दी टिकट खरीदने चले जाते। करीब एक-डेढ़ साल तक इसी प्रकार चलता रहा। विश्वासी आदमी, रुपया जांचने की जरूरत भी नहीं होती। इतने भरोसे के आदमी पर भी क्या अविश्वास किया जा सकता है!

इस इलाके में हुगली गर्ल्स स्कूल का काफी नाम है। अभिभावक अपनी बच्चियों को यहां भेजकर निश्चिन्त रहते हैं। वैसे सभी टीचर्स पढ़ी-लिखी और भले घर की हैं, लेकिन बड़ी दीदीमनि की तो बात ही कुछ और है।

लोग कहते हैं कि 'बड़ी दीदीमनि' के भरोसे पर छोड़ते हैं—नहीं तो और क्या है!

लड़कियां स्कूल में अंग्रेजी पढ़ें, गणित सीखें, सिलाई-कढ़ाई सीखें, फिर भी मेम साहब न बन जाएं, बड़ों का आदर करें, गृहस्थ लड़कियों को और चाहिए ही क्या? जितने दिन स्कूल है, आचार-व्यवहार, हिसाब-किताब, सिलाई-कढ़ाई, अंग्रेजी लिखना-पढ़ना यही सब चलेगा। फिर तो किसीकी शादी होगी सलकिया' किसीकी बड़ानगर, किसीकी उत्तरपाड़ा, किसीकी निकचशीगंज और बहुत भाग्यशाली होने पर किसीकी कलकत्ते। ससुराल में जिससे कोई कहने न पाए—'एकदम गंवार बहू है'। नहीं तो और क्या, बात तो मां-बाप को ही सुननी होती है। सास-ससुर कहेंगे कि अच्छे मां-बाप है, लड़की को थोड़ा पढ़ाया भी नहीं।

ये सब बहुत पहले की बातें हैं। तब सुकुमारी भी इस स्कूल में नौकरी नहीं

करती थी। आदिनाथ भी शनिवार की शनिवार अपनी ड्यूटी बजाने नहीं आता था। स्कूल में उस समय वहां के पहले सेक्रेटरी राममोहन सेन एडवोकेट जैसे धूनी रमाए बैठे रहते। मुहल्ले के चार भले आदमियों की लड़कियों को इकट्ठा कर उन्होंने ही एक दिन बिना किसी खास उद्देश्य के इस स्कूल की नींव डाली। समाज की भलाई का कोई काम, जिसे करने से बस आदमी प्रशंसा करें, मूल प्रेरणा थी। पैतृक सम्पत्ति काफी थी ही। जमीन-जायदाद, गहने, कम्पनी के कागज और भी न जाने क्या-क्या! शौक से ही एडवोकेट हुए थे, बिना इसके कुछ जमता नहीं इसीसे। नहीं तो दो बार एम०ए० पास करके घर में भी बैठ सकते थे लेकिन फिर भी कानून पढ़ा, एडवोकेट हुए। कहते थे—भई, कानून पढ़ लेना अच्छा है, न लगे अपने काम, किसी दूसरे का ही उपकार हो सकता है।

वास्तव में राममोहन सेन परोपकारी आदमी हैं, इस बारे में संदेह की गुंजाइश नहीं है। नहीं तो उनकी क्या आफत आई थी कि यह स्कूल खड़ा करते! वह भी यह लड़कियों का स्कूल! तनख्वाह नाममात्र, लेकिन पढ़ाई के मामले में एकदम सख्त। अच्छी तरह देख-सुनके छांट-छाटकर टीचर लाए हैं। शृंगार-पटार कुछ नहीं चलने का। कक्षा में पान खाना, गहना पहनना सब मना है। अगर तुम्हारे पास गहना है तो जाओ बाहर, कलकत्ते में जाकर पहनो छात्राओं की आंखों से परे, नहीं तो वही देखेंगी और सीखेंगी। टीचर को देखकर ही तो सीखती हैं वे लड़कियां।

आदिनाथ आते ही पहले तो अवाक् रह गया।

सुकुमारी की चिट्ठी पाकर ही तो आया था वह। लिखा था, बैंडिल स्टेशन से बाहर निकलकर पीपल के पेड़ के नीचे से एक घोड़ागाड़ी किराये पर ले आना, क्योंकि स्कूल से स्टेशन तक पैदल जाना हम लोगों के लिए मना है। बड़े सख्त हैं हमारे सेक्रेटरी! मेरी छुट्टी दो बजे होती है। हमारी प्रधानाचार्या कमला दत्त हैं, उनसे मिलकर मेरे नाम की चिट्ठी भेजते ही मैं चली आऊंगी, ज्यादा देरी मत करना।

आदिनाथ ने बतलाया, "सुकुमारी को तो तुम लोग पहचानते ही हो। पहले तो इतने दूर की नौकरी करने को ही तैयार नहीं थी। मेरे साथ जल्दी-जल्दी मुलाकात नहीं होगी, इसीसे।

"फिर बोली, "तुम वचन दो, हर शनिवार को आओगे।"

सुकुमारी उस पुराने जमाने की महिला थी। आदिनाथ, सुकुमारी और हम लोग जिस काल में जन्मे थे, उस समय औरतों का नौकरी करना तो अलग, रास्ते में निकलना भी महान् अपराध था। घर की औरतों को लेकर थियेटर देखने जाने पर घोड़ागाड़ी की सब खिड़कियां बन्द करके जाना होता था, लेकिन सुकुमारी को उस जमाने में जन्म लेकर भी नौकरी करनी पड़ी, केवल मजबूरी से। सुकुमारी हम लोगों के मित्र तपन की फुफेरी बहन थी। दूसरे के सिर पर बोझ बनकर रहने से, जो भी मिले, कुछ न कुछ करना अच्छा है, इसीलिए नौकरी की; लेकिन कब और कैसे आदिनाथ ने सुकुमारी से अपना परिचय कर लिया, पहले तो हम लोगों को पता ही न चला। जिस समय जान पाए, मामला काफी बढ़ चुका था।

तपन हंसते-हंसते कहता, "आदिनाथ किस-किसको संभालेगा?"

हम लोग भी सोचते कि सुकुमारी के भाग्य में काफी दुःख लिखे हैं। सुकुमारी के पास न रूप है, न रुपया ही। दूसरी ओर जो-जो थीं, उन सबके सामने सुकुमारी कुछ भी न थी। रमा के पिता के पास गाड़ी थी। रमला के भाई काफी बड़ी जगह पर काम करते थे। सुतपा के पास और तो कुछ नहीं, लेकिन रूप था। सुप्रीति का गाना सुनने लायक था। इन सबके हाथ से छीन लाने की चाहे जिसकी भी हिम्मत हो, सुकुमारी की तो कम से कम नहीं ही थी।

आदिनाथ ने कहा, "लेकिन अन्त में उसी सुकुमारी की जीत हुई।"

सच में हम लोग हैरान थे। मैंने कहा, "लेकिन वही तो जानना चाहते हैं, आखिर सुकुमारी में ऐसा क्या था?"

"सुकुमारी औरत थी, इसीसे।" आदिनाथ ने कहा।

"औरत!" और भी आश्चर्य में पड़ गए।"

"यह बात आज तक और किसीसे नहीं कही। रमा, रमला, सुतपा, सुप्रीति वाकई में सुकुमारी से अधिक रूपसी और गुणवान थीं। रमा वास्तव में बड़े आदमी की लड़की थी। उससे शादी करने पर शायद किसी दिन खाने-पीने की चिन्ता नहीं करनी पड़ती। रमला अपने भाई से कहकर मेरे लिए शायद अच्छी नौकरी की व्यवस्था कर देती। सुतपा निस्सन्देह सुन्दर थी। साथ

लेकर घूमने पर दस आदमी जरूर ही ईर्ष्या से कुढ़ते और सुप्रीति का-सा गला कितनों ने पाया है? सब स्वीकार करता हूं, पर भाई, मुझे उन लोगों को लेकर सभा में तो जाना नहीं था। मुझे तो बहू को लेकर गृहस्थी चलानी थी।"

"और कोई क्या गृहस्थी नहीं चला रहा?" मैंने आश्चर्य में पूछा।

"नहीं, कोई गृहस्थी नहीं चला रहा। कौन-कौन गृहस्थी चला रहा है, जरा सुनूं तो? अच्छी तरह से पता लगाकर देखो, सब जगह चोरी चल रही है। जिन लोगों ने वाकई में गृहस्थी जमाई है, उन सभी की पत्नियां औरतें हैं।"

"औरतें? क्या मतलब?"

आदिनाथ ने कहा, "कमला दत्त, जिसका चरित्र शुद्ध सच्चे सोने की तरह पवित्र था, माता-पिता जिसके स्कूल में अपनी लड़कियां भेजकर उनके सती-सावित्री बनने की आशा करते, जिसके पैरों को भी मुझे छोड़कर शायद किसीने नहीं देखा और अध्यापिकाओं को जो मां की तरह स्नेह करती, बहन की तरह प्यार करती, स्वामी विवेकानन्द के चित्र को प्रणाम कर जो दिन का काम शुरू करती, स्कूल की बाई, महाराज, नौकर और दरबान जिसका नाम लेते नहीं अघाते, वही कमला दत्त, हुगली गर्ल्स स्कूल की प्रधानाचार्या कमला दत्त भी औरत नहीं थी।"

मैं और भी हैरान था, पूछा, "इसका मतलब?"

आदिनाथ ने कहा, "मेरी शादी के सिर्फ तीन महीने बाद जब हम लोगों के यहां लड़का हुआ तो जितने मुंह उतनी बातें हुईं। किसीने लम्पट कहा। कोई कहता—'जनाब अन्दर ही अन्दर शिकार कर रहे थे, बच्चू अब पकड़ में आए हैं।' यहां तक कि मुझे अपना घर भी छोड़ना पड़ा, लेकिन मुंह से मैंने कुछ नहीं कहा। आज भी नहीं कहता, कहने से कोई समझता नहीं, लेकिन तुम्हें बतलाता हूं। तुम मनुष्य का मन लेकर काम करते हो, शायद समझ पाओ..."

"कहो।" मैंने कहा।

आदिनाथ ने कहा, "सुकुमारी उन रमा, रमला और सुतपा की जरा भी परवाह नहीं करती थी। उन सबोंसे उसे किसी भी दिन कोई डर नहीं था। वह कहती—'सुना है, तुम उन सबोंके साथ ही अधिक समय बिताते हो, और मुझे

छोड़कर शायद उन्हीं में से किसीके साथ शादी करोगे।"

मैं पूछता, "सुनने की बात छोड़ो, तुम क्या सोचती हो?"

"मुझे तो हंसी आती है।"

"क्यों इसमें हंसने की क्या बात है?"

उस समय मैं शायद किसी होटल में बैठा सुकुमारी के साथ बात कर रहा होता। शनिवार को हम लोग ट्रेन से कलकत्ते आते। अगर किसी दिन सिनेमा, कभी रेस्टोरेंट तो कभी ईडन गार्डन में संध्या बिताकर अन्तिम लोकल से फिर उसके बोर्डिंग छोड़ने जाता। इसके बाद फिर से कलकत्ते की गाड़ी पकड़ता। लड़ाई का जमाना, इतनी रात को उस समय गाड़ी में कोई नहीं होता था। खाली कम्पार्टमेंट में सुकुमारी की बातें सोचता-सोचता लौटता। मुझे आश्चर्य इसी बात का था कि पैसा, रूप और इज्जत-आबरू में सबसे कम होने पर भी आखिर उसमें इतना आत्मविश्वास आया तो कहां से!

वह कहती, "अपने ऊपर अगर इतना विश्वास भी न होगा तो तुमसे मिलती क्यों हूं? दुनिया में मेरा कोई नहीं है। रिश्तेदारों के यहां गले पड़ी आफत हूं। गरमी की छुट्टी में मामा के यहां जाने पर मुझे सबके लिए खाना बनाना पड़ता है। तुमसे मिलने तक का समय नहीं निकाल पाती। इतना सब होने पर भी तो तुम्हारे साथ कितने सालों से घुल-मिल रही हूं; तुम्हें भी मिलने दे रही हूं, वह सब क्या यों ही समझते हो?"

फिर जरा रुककर कहती, "पता है, मामा के यहां मेरे लिए एक सोने का अलग कमरा तक नहीं है। यहां स्कूल के बोर्डिग में भी हम सारी अध्यापिकाएं एक ही कमरे में सोती हैं। अपना कहने को मेरे पास कभी कुछ नहीं; अपना घर, गृहस्थी, रसोई कुछ भी नहीं।" फिर जरा आवाजें और भी धीमी करके कहती, "अभी भी मेरा अपना कहने को कोई नहीं है, एक सिर्फ तुम्हें छोड़कर..."

यह निर्भरता, ये भाव, सच में मुझे नये लगते। रमा, रमला और सुतपा के पास मैं महज एक गहने की तरह था, जो औरतों के लिए शोभा की चीज है। आवश्यक भी कहा जा सकता है, साथ ही समय पर उसे बेचकर पेट भी भरा जा सकता है। लेकिन सुकुमारी के लिए मैं उसके अंग की तरह अभिन्न था।

मुझे छोड़कर जैसे वह और कुछ सोच ही नहीं पाती थी। मुझे याद है, बातचीत के बीच वह कभी-कभी 'मेरे भविष्य' की जगह कह जाती 'हम लोगों का भविष्य'। कहती, "अब हम लोगों को कुछ रुपये जमा करने चाहिए।"

मैं नहीं, हमारा नहीं, मेरा नहीं, हम लोगों का। मुझे साथ लेकर ही था उसका भविष्य, मुझे केन्द्र करके ही थे उसके सारे स्वप्न, सारी कल्पनाएं, जो भी हो, सब। उसके सम्मान में मेरा भी सम्मान, मेरे अपमान में उसका अपमान था। तीसरे की उसे आशंका तक नहीं थी और इसीसे वह कभी उस बारे में सोचती भी नहीं थी।

यही सब सोचकर शगिवार का दिन मैंने सुकुमारी के लिए सुरक्षित कर दिया था। सप्ताह के और दिन मैं किसीके भी साथ क्यों न काटूं, शनिवार सुकुमारी के साथ ही काटना होगा। प्यार का आकर्षण मुझमें था या नहीं, और था तो कितना था—यह सब मैंने कभी नहीं सोचा। कर्तव्य, सहानुभूति नाम से जो कुछ है, उसीके आकर्षण से मैं जाता था।

पूछता, "किसी दिन विश्वासघात कर बैठूं तो?"

"तुम करोगे विश्वासघात? तब तो मेरा औरत होना ही बेकार है।"

"औरत क्या तुम अकेली हो? रमा, रमला, सुतपा, सुप्रीति—वे सभी तो औरतें हैं।"

"मैं तुम्हें जितना पहचानती हूं, वे सब क्या तुम्हें उतना पहचानती हैं? उनमें से कोई भी क्या इतना चाहती हैं, जितना कि मैं? सच-सच बताओ!"

फिर जरा रुककर कहती, "कमला दी क्या कहती हैं, जानते हो?"

"कमला दी?"

"हां, हमारे स्कूल की प्रधानाचार्या कमला दत्त। वह कहती हैं, स्वामी विवेकानन्द ने लिखा है, 'पैसा होने से दारिद्रय का भय है, रूप होने से उसके कुरूप हो जाने का डर है, गुण होने से दोष का भय है, ज्ञान होने से अज्ञान का भय है पाकर ही तो खो देने का भय है।' मेरे पास तो कुछ है ही नहीं, इसीसे मुझे किसी बात का भय भी नहीं है।"

"कमला दी का तुम्हें शायद सबसे ज्यादा डर है?'

"डर? डर क्यों होने लगा? हां, भक्ति कह सकते हो, सच! ऐसी औरत

मैंने अब तक की अपनी जिन्दगी में तो कभी देखी नहीं।"

"शायद काफी सुन्दर हैं?"

"जरा भी नहीं, बल्कि कुरूप कहना ही ठीक होगा; लेकिन कमला दी के साथ दो मिनट बातचीत करने के बाद रूप की कमी फिर और नहीं खटकती। कमला दी कहती हैं, "भगवान् ने मुझ पर बड़ी दया की कि मुझे रूप नहीं दिया। रूप के आकर्षण से कोई शादी तो कर लेता, लेकिन फिर क्या यहां छात्राओं को पढ़ा पाती? छोटे-छोटे बच्चों को पढ़ाने में जो आनन्द मिलता है, वह क्या शादी करके गृहस्थी बसाने में मिल पाता?"

कमला दत्त को मैंने अब तक नहीं देखा था। सुकुमारी से ही उसकी बड़ाई सुनता। चाय की दूकान पर, सिनेमा में, जहां कहीं भी जाते, सुकुमारी बात-बात में कमला दत्त की कोई न कोई बात छेड़ देती।

सुकुमारी ने एक दिन कहा, "देखो, आज मामा के यहां जाने का नाम लेकर तुम्हारे साथ आ गई, कमला दी जानने पर खूब गुस्सा होंगी।"

"लेकिन तुम्हारी कमला दी की भी तो एक दिन शादी होगी?"

"शादी होगी! किसने कहा?"

"वाह! शादी ही नहीं होगी?"

"शादी होने पर स्कूल कौन चलाएगा? गरीब की लड़की हैं, सोचकर हमारे सेक्रेटरी राममोहन सेन ने इसी स्कूल में एक दिन भरती करा दिया था। एक पैसा भी नहीं देना पड़ता था। उस समय कमला दी की उम्र ही कितनी थी, यही कोई चार या पांच साल रही होगी। उस समय स्कूल नाम पर भी थी सिर्फ चक टीन शेड। न यह दुमंजिली इमारत थी, न ही अध्यापिकाओं के लिए यह बोर्डिंग था। खुद सेक्रेटरी साहब उस समय लड़कियों को पढ़ाते थे। फिर कमला दी आईं और साथ ही साथ इस स्कूल के भाग्य खुले। नहीं तो क्या मुझे ही यहां नौकरी मिलती? और न तब तुमको ही हर शनिवार को चार-पांच रुपये खर्च करके मेरे लिए यहां बैंडिल स्टेशन पर आना पड़ता।"

इसी तरह कुछ-कुछ सुकुमारी से सुना था। बाद में फिर कमला दत्त से परिचय होने पर उससे भी सुना, "राममोहन सेन थे वहां के खानदानी रईस।

डबल एम० ए० और एल-एल० बी०। प्रैक्टिस शुरू न कर उन्होंने लड़कियों का स्कूल खोला। मुहल्ले-मुहल्ले चक्कर काटते और हाथ जोड़कर हर एक से बोलते, "आप लोगों की सहायता पर ही हम लोगों के स्कूल की सफलता निर्भर है। अगर आप लोग सहायता करें तो कृतार्थ होऊंगा, बस, और कुछ नहीं।"

शुरू-शुरू में किसी ने साथ नहीं दिया। दो-एक लोगों ने दया करके सिर्फ अपने घर की लड़कियों को भेज दिया। कुल चार-पांच छात्राएं और एक टीन शेड; बस! शुरू-शुरू में तो राममोहन सेन महाशय को स्लेटें भी अपने ही पैसे से खरीदकर देनी पड़ी, बिस्कुट वगैरह का लोभ दिलाया, पूजा पर खिलौने खरीद-खरीदकर दिए।

अभी भी कमला दत्त आई नहीं थी। कमला दत्त उस समय या तो हाल ही में जन्मी थी अथवा जन्मी भी नहीं थी। बाघ-निसुन्दिपुर की पाना-पोखर के पास की एक झोंपड़ी में शहर से दूर एक परिवार में एक लड़की का जन्म हुआ। न शंख बजा, उलू-ध्वनि भी नहीं हुई और न किसीने उसके अभिभावकों की ओर से कांसे का घंटा ही बजाया। एक बिनचाही बेकार लड़की। घर में बाप भी नहीं था। अंधेरी रात, तीन, कोस दूर से आकर दाई ने नाल काटी।

मां की भी प्रायः 'अब गई, अब गई' अवस्था थी। इतने दिन बाद हुई भो तो लड़की; बेचारी रो ही पड़ी थीं। कष्ट के कारण जितना नहीं रोईं, उतना तो क्षोभ , दुःख और अपमान के कारण रोईं।

फिर हठात् एक दिन बाप आ पहुंचा। अचानक जाने की तरह ही था उसका हठात् आ धमकना।

आते ही पूछा, "किस समय हुई?"

सब सुनकर कहा, "मिथुन लग्न में हुई। लड़की भाग्यवान है। लेकिन..."

"लेकिन क्या? बचेगी तो?" मां ने आतुरता से पूछा।

बाप ने कहा, "तुम्हारी लड़की काफी काम की है। खूब नाम। कमाएगी, सभी आदर करेंगे, लेकिन है ..."

"लेकिन क्या?"

"शास्त्र में लिखा है कि मिथुन राशि पर शनि के रहने से जातक

बन्धनयुक्त होता है। उसके ऊपर रवि की भी दृष्टि..."

"उससे क्या होता हैं?"

"लड़की बड़ी ही सीधी और ठंडी प्रकृति की होगी। सब लोग सम्मान भी करेंगे। धर्मभीरु होगी। कष्ट सहन कर सकेगी। लेकिन तुम्हारी लड़की जीवन में कभी सुख नहीं पाएगी।"

पहले तो घर आकर मां के हाथ में पांच-सात रुपये दे देता। दो-चार दिन घर रहकर खाता-पीता और कुछ दिन इसी तरह चुपचाप जमीन-आसमान के कुलाबे मिलाते-मिलाते निकल जाते।

मोहल्ले में किसीसे मुलाकात होने पर कोई यदि पूछता, "अरे, चाचा हैं न?"

"हां अभी आया हूं।"

तभी कोई शायद पूछ बैठता, "अरे, इतने दिन थे कहां?"

चाचा कहते, "दुनिया में क्या जगह की कमी है, तमाम दुनिया ही तो अपनी है।"

"लेकिन इस बार? इस बार किस ओर गायब होंगे?"

चाचा कहते, "कहां जाऊंगा भाई! उसके राज्य में क्या कहीं भागने की जगह है? पीछे-पीछे चन्दा-सूरज जो आएंगे, भागकर जाओगे कहां?"

"लेकिन इस बार तो चाची के लड़की हुई है, अब और कहीं मत जाना तुम। समझे?"

बाप मां से पूछता, "घर में रोता कौन है?"

"मुन्नी, और कौन?"

"बड़ी रोने वाली है!" कहकर बाप आसमान की ओर ताकता।

"उससे क्या है! बचपन में जितना रोना है, रो ले, बाद में तो सिर्फ हंसना ही होगा।"

"ठीक है, ठीक है, रोने दो। बाद में आप ही सब ठीक हो जाएगा। रोए बिना भाग्य जागेंगे कैसे? ठीक, रोना ही अच्छा है। लड़की तुम्हारी भाग्यवती है।"

लेकिन फिर एक दिन भागने को तैयार। आधी रात में उठकर मां हाथ पकड़ लेती है, "इतनी रात को सांकल खोलकर कहां जा रहे हो?"

"बाहर जा रहा हूं।"

"अभी ही लौट आओगे न?"

"नहीं, मेरा फिर बुलावा आया है।"

"लेकिन तब लड़की को पालेगा कौन?"

"लड़की के बारे में सोचने वाली तुम कौन हो? जिसकी चीज, वह देखेगा।"

"क्या खिलाऊंगी, क्या पहनाऊंगी? दूधपीती बच्ची..."

"अरे, हम-तुम तो साधन-मात्र हैं, त्वम् ही प्राणः शरीरे। मुझे-तुम्हें जो खिला रहा है, वही खिलाएगा-पहनाएगा..."

कहकर बाप जो गया तो फिर किसी दिन लौटकर नहीं आया। अब तक फिर भी बीच में कभी-कभी आ जाता, दो-चार दिन रहता। इस बार लड़की ही जैसे काल हो गई। बन्धन ही माया है और माया का बन्धन सबसे बड़ा है। उसी बन्धन से पूरा-पूरा छुटकारा मिल गया, लेकिन अन्त में उसकी भविष्यवाणी का एक-एक शब्द सच निकला।

राममोहन सेन ने उसी समय हुगली में स्कूल खोला। मुहल्ले के पांच परोपकारियों ने जाकर उन्हें सारा हाल बतलाया। दुखी, मां-बाप का पता नहीं, ऐसी विपत्ति के समय आपको छोड़ और किसपर भरोसा किया जा सकता है?

सेक्रेटरी ने कहा, "ठीक है, यहीं रहने दो।"

रहने का मतलब—रहना, खाना-कपड़ा, पढ़ना-लिखना सब। जिसका धन, उसी ने देखा। बाप फरार, मां सिर्फ निमित्त के लिए गर्भधारिणी ही रही। बाघ-निसुन्दिपुर से कमला का वही अन्तिम सम्पर्क था।

2

राममोहन सेन सात पुश्त से खानदानी रईस थे। विशाल जमीन-जायदाद, जमींदारी, कचहरी, और भी न जाने क्या-क्या। हजारों का कारोबार रोज होता। स्वस्थ-सुन्दर शरीर। बायें हाथ में एक सोने से मढ़ा तावीज। तेरह-

चौदह बच्चे। घर में गोलमटोल आह्लादी बहू। उनका शरीर गहनों से भरा, गऊशाला गायों से भरी, कोठार अनाज से भरा, कमरा किताबों से भरा, घर लड़के-लड़कियों से भरा और सन्दुक रुपयों से भरा था। खाओ-पीओ, मौज करो, दीयताम् भुज्यताम् वाली बात।

लेकिन बड़े कड़े आदमी। हर बात का नियम। सुबह छः बजे सबको उठना होगा, और रात को दस बजे बत्ती बन्द। सुबह सात बजे यदि कचहरी में अपनी टेबल पर चाय आना ही चाहिए, तो उसी तरह ठीक बारह बजे रसोई से खाने का बुलावा आना चाहिए। चाहे स्कूल-कमेटी की आवश्यक मीटिंग हो या कुछ भी, घड़ी में जब देखते कि बारह बजने में पांच मिनट हैं, तो कहते, "अच्छा, मैं तो उठूंगा अब।"

एक बार उठने की कहने पर किसी की हिम्मत नहीं है कि फिर उन्हें एक मिनट भी रोक ले। साक्षात् भगवान् भी उन्हें फिर नहीं रोक सकते। तब जाते हैं अन्दर। खाने बैठने पर एक आदमी पास खड़ा होकर पंखा झलेगा। और महाराज दिखलाता, यह अरहर की दाल है, यह मूंग की।

तभी पूछेंगे, "उस कमल वाली कटोरी में क्या है?"

"जी, उसमें आलू-बरी हैं।"

"ठीक है, ठीक है। पत्थर की कटोरी में वह किस चीज की चटनी है?"

"लौकी की।

सब मालूम करने पर एक-एक कर खाना शुरू करते। पूछते, "आज रोहू मछली का झोल किसने पकाया है?"

इसी घर में एक दिन कमला दत्त आई थी। घर में और भी चौदह-पन्द्रह बच्चे थे। जैसे सागर में बूंद, किसी को पता भी नहीं चला। और इतनी रोने वाली लड़की कमला भी यहां आकर ठंडी हो गई। एक ओर बैठकर पढ़ती, फिर चुपचाप घर आ जाती। इतनी कच्ची उम्र में ही जीवन का सबसे बड़ा आघात खाकर बेचारी जैसे अटपटा-सी गई थी। चुचाप वह कब बड़ी हो गई, किसी को पता भी न लगा। इतने सावधान और कड़े राममोहन सेन भी नहीं जान पाए कि फ्रॉक छोड़कर कमला ने कब से

साड़ी पहनना शुरू कर दिया, बालों का जूड़ा बनाने लगी, ब्लाउज पहनने लगी।

अचानक एक दिन राममोहन सेन की नजर पड़ गई। देखकर हैरान रह गए। पूछा, "कौन हो तुम?" कमला कमरे के अन्दर ही आ रही थी।

बोली, "मैं..."

"तुम्हारा नाम क्या है?"

"कमलाबाला दत्त।"

"ओह, बाघ-निसुन्दिरपुर की कमला दत्त! अच्छा-अच्छा, तुम्हारी पढ़ाई-लिखाई कैसी चल रही है?"

शर्म से कमला अच्छी तरह बात भी नहीं कर पा रही थी, लेकिन अचानक एक घटना हो गई। राममोहन सेन की पत्नी आह्लादी बहू ने उसे अपने कमरे में बुला भेजा। स्नेह से खाना खिलाया। अलग कमरे में सोने का प्रबन्ध किया। अलमारी से कुछ अच्छी-अच्छी साड़ियां निकालीं। बोलीं, "ये सब अब तुम पहनो। तुम बड़ी हो रही हो।"

और स्वयं गृहस्वामी ने उसे घर पर पढ़ाने का भार लिया।

बाघ-निसुन्दिपुर का स्वप्न पीछे छूट गया। कमला दत्त ने ज्ञान-विज्ञान की कठिन मंजिल पार करना शुरू किया। रासायण, महाभारत, व्रत-कथाएं, गणित, स्वास्थ्य-सोपान, इतिहास-भूगोल यही उसके रात-दिन के साथी हो गए।

राममोहन सेन ने कहा, "इसी तरह साधना करके एक दिन आदमी बन पाओगी। समझी?"

फिर बोले, "मैंने खिलौने के लिए स्कूल नहीं खोला है, आदमी बनाने के लिए खोला है। तुम लड़की हो, लेकिन मैं मनुष्यत्व के प्रति तुम्हारे कर्तव्य को किसी पुरुष से जरा भी कम नहीं मानता।

"दस आदमी तुम्हारा यश-गान करें, तुमको श्रद्धा करें, सम्मान करें, ऐसा व्यवहार करो, रहन-सहन बनाओ, इसी प्रकार का जीवन बिताओ।

"विलासिता और भोग-वासना दो दिन की चीज है। उसमें दुःख है, लेकिन शिक्षा का आनन्द और ज्ञान की दीप्ति अक्षय है।

"शुद्ध सोने में जिस प्रकार जंग नहीं लगती, ज्ञान भी वही सोना है।

"स्वामी विवेकानन्द का स्मरण करो, उनके उपदेशों को समझने की कोशिश करो, तभी जीवन सार्थक होगा।"

यही था प्रारम्भ।

फिर छोटे-से स्कूल की एक के बाद एक सारी कक्षाएं समाप्त हो गईं। कमला दत्त ने कहा, "अब मैं क्या पढ़ूं?"

"पढ़ाई का भी क्या अन्त है? तुम्हें अभी और पढ़ना होगा और बड़ा होना होगा। और अधिक ज्ञान-प्रकाश पाना होगा। तुम्हारे लिए मैं इस स्कूल को हाई स्कूल करूंगा। चिट्ठी-पत्री चल रही है। हाई स्कूल किए बिना अब नहीं चलने का। लड़कियां भी अब काफी बढ़ गई हैं। केवल हाई स्कूल करने से ही काम नहीं चलेगा। अध्यापिकाओं के लिए रहने की जगह भी बनानी होगी।"

और बोर्डिंग बना, स्कूल की भी नई बिल्डिंग बनी। अखबारों में विज्ञापन निकले, नई अध्यापिकाएं आईं। चारों ओर चहारदीवारी से घिरी बिल्डिंग। बाहर से कोई लड़कियों के पांव तक नहीं देख सकता एकदम पर्दानशीन स्कूल।

एक-एक कक्षा बढ़कर कमला दत्त ने मैट्रिक की परीक्षा दी। उसी साल कमला दत्त को राममोहन सेन ने स्कूल की प्रधानाचार्या बना दिया तथा एफ० ए०, बी० ए०, एम० ए० आदि सारी परीक्षाएं प्राइवेट ही दिलवा दीं।

कमला दत्त ने पूछा, "अब?"

"अब क्या, और पढ़ो। तुम्हें पढ़ना नहीं छोड़ना है। मैं भी स्कूल को कॉलेज करूंगा। मेरी बहुत दिनों की साध है, मैं आदमी बनाऊंगा। तुम्हें मैंने अपनी इच्छानुसार बनाया है। तुम्हीं होगी प्रिन्सिपल। लेडी प्रिन्सिपल! क्यों, डर लग रहा है कि नहीं संभाल पाऊंगी?"

ठीक उसी समय एक घटना हो गई।

चारों ओर हुगली गर्ल्स स्कूल का नाम था। उत्तरपाड़ा, बांस-वाडिया, सिंगुर, द्वारवासिनी, गोसाईं मालपाड़ा, दीघा, पांडुआ, चुंचड़ा तक से लड़कियां पढ़ने आतीं। उनके रहने को होस्टल हैं, चारों ओर से बन्द। होस्टल, बोर्डिंग

सब चाहरदीवारी से घिरे हैं। लड़कियां होस्टल से निकलकर स्कूल पढ़ने आतीं, लेकिन कोई देख नहीं पाता। लम्बा-चौड़ा कम्पाउंड, करीब तीस बीघे में फैला था। चारों ओर वृक्ष-लताओं से आवेष्टित जेलखाने की तरह विशाल चहारदीवारी। अन्दर घूमो, हवा खाओ, झूला झूलो, तालाब, मन्दिर, बगीचा सभी कुछ।

नैवेद्य में केले की तरह स्कूल के ऊपर सिर्फ एक राममोहन सेन थे। एकमात्र पुरुष। उनके नीचे उनकी एकमात्र प्रतिनिधि कमला दत्त। वैसे एक स्कूल-कमेटी थी, लेकिन सिर्फ नाम के लिए। सभी सेक्रेटरी की मुट्ठी में थे; लेकिन स्कूल के साथ उनका सम्पर्क सिर्फ कमला दत्त के माध्यम से ही था।

स्कूल के इलाके में कमला दत्त ही प्रधान थी—सर्वेसर्वा।

किसीने तालाब में साबुन से कपड़े धोए, बगीचे से किसीने फूल तोड़ लिया, कमला दत्त ठीक पकड़ लेगी। मेहतरानी झाड़ू ठीक से नहीं लगा रही, कमला दत्त से डांट खानी ही पड़ेगी। सुबह सबसे पहले उठकर चुपचाप सारे कम्पाउंड का चक्कर लगा आती है। कहां गड़बड़ है, किसने नियम का उल्लंघन किया है, किसने गन्दगी की है, सब ओर उसकी स्नेहसिक्त, लेकिन सतर्क दृष्टि रहती है।

कमला दत्त हंसते-हंसते पूछती, "कल शाम बगीचे में शायद झाड़ू लगाना भूल गई थीं कालू की मां?"

या पूछती, "रात को बारह बजे तक तेरे यहां रोशनी क्यों हो रही थी प्रीति?"

राममोहन सेन कहते, "सोचता हूं, हफ्ते में एक दिन खाने की कक्षा हो। कमला, तुम्हारी क्या राय है?"

राममोहन सेन के अपने घर में भी उस समय काफी परिवर्तन हो गया था। आह्लादी बहू और भी आह्लादी हो गईं। लड़के-लड़कियों की शादी हो चुकी, नाती-पोते हो गए, फिर भी लगता है, जैसे छोटी-सी बच्ची हों। अभी भी गहनों के केटलॉग लेकर बैठी-बैठी नये पैटर्न खोजतीं या पूछतीं, "आज सुबह चच्चड़ी किसने बनाई थी?" या शाम को बिस्तरे पर पड़ी-पड़ी

ही चिल्लातीं, "आज क्या तुम लोगों का चाय-पानी नहीं होगा? खा-पीकर सोना ही क्या काम है? हाथ-मुंह धोना, बाल बांधना कुछ भी तो नहीं हुआ है अभी तक?"

नहाने जाते समय शरीर से गहने उतारकर अलमारी में बन्द करतीं। नहाने के बाद निकालकर फिर पहनतीं और कहतीं, "और नहीं होता मुझसे। बुरा हाल हो गया मेरा तो इन रोज के धन्धों से।"

यह बुरा हाल उनका हमेशा ही रहता है। अब कमला दत्त इस घर में कभी-कभी ही आती है; लेकिन वह जब सिर्फ पांच वर्ष की थी, तभी से देख रही है।

बीच-बीच में सेक्रेटरी साहब के पास तो आना ही पड़ता है। तभी मासी मां से भी मिल जाती है। उसे देखते ही आह्लादी मासी मां कहतीं, "अरे, कमला बेटी न, आज किसका मुंह देखकर उठी थी!"

"क्यों, मैं तो समय मिलते ही आती हूं मासी मां!"

"अरे, अब तेरे स्कूल की नई बिल्डिंग बन गई है, तू हेड मास्टरानी हो गई। तनख्वाह बढ़ गई—अब तुझे मासी मां की याद क्यों आने लगी? ससुराल से बिनी आई थी। कहती थी, 'कमला दी का तो अब बड़ा नाम हो गया है।' लड़की को तेरे स्कूल में दाखिल कराएगी। कहती है, 'कमला दी के पास पढ़कर मेरी लड़की आदमी बन जाएगी।' "

"बिनी आदि सब कैसी हैं मासी मां?"

"यही तो, सामने चैत में बिनी के बच्चा होगा। साध में आई थी। एक हार बनवा दिया। पन्द्रह भरी का है। बीस रुपये तो बनाई के ही ले लिए। रोजाना पहनने के तो दो थे। आने-जाने के लिए एक और बनवा दिया। लेकिन तू भी तो अब हेड मास्टरानी हो गई। अब गहने बनवा, गला सूना-सूना लगता है।"

कमला कहती, "ना-ना मासी मां, हम सबों को ऐसे ही ठीक है। मास्टरानियों को देखकर लड़कियां भी तो वही सब करेंगी।"

आह्लादी मासी मां गाल पर हाथ रखकर कहतीं, "ओ मां, तू कहती क्या है! मास्टरानी हुई है तो क्या मन की साध-अभिलाषा नहीं है? क्या हमेशा ही

मास्टरानी ही रहेगी? शादी-ब्याह...”

“नहीं मासी मां, सेन महाशय वह सब पसन्द नहीं करते। इसके अलावा, हमारे स्कूल का इसीलिए तो नाम है। मैं ही अगर गहने-जेवर पहनूंगी, तो गरीब लड़कियों को दुःख होगा।”

“हां, ठीक ही तो है। उन्होंने छुटपन से तुझे ठोंक-पीटकर तैयार किया है। वह खुद हमेशा पढ़ना-लिखना लिए रहते हैं, तुझे भी वैसा ही बनाया है। मैं तेरी पूज्य होती हूं, आशीर्वाद देती हूं कि तेरा स्कूल और भी बड़ा हो। तेरा नाम हो, यश हो और...क्या कहूं—लेकिन मासी मां को मत भूल जाना। हां, आज यहीं खाना खाकर जाना। समझी?”

“न मासी मां, आज माफ करो।”

“क्यों? आज कोरमा बना है, थोड़े-से गरम भात के साथ...”

कमला कहती, “मांस खाना मैंने छोड़ दिया है।”

“यह क्या, मांस कब छोड़ दिया?” मासी मां आश्चर्य से पूछतीं।

“कभी का छोड़ दिया है। इसके अलावा आज हमारे होस्टल में मटर-गोभी की तरकारी बनी है। रात को मैं अधिक नहीं खाती, दो रोटी में ही पेट भर जाता है।”

“अरे राम, इस उम्र में इतना कम खाती है! मेरा तो भई, आठ के बिना काम नहीं चलता।”

“ज्यादा खाने से नींद जो आती है, पढ़ाया नहीं जाता, झपकी आती है।”

आह्लादी मासी मां तकिये का सहारा लेकर कहतीं, “कहे देती हूं, इतना मत पढ़। पढ़-पढ़कर चेहरा कैसा झुलसा लिया है! जमाई आकर...” और इसके साथ ही कमला को मारे शरम के मासी मां के पास से भागना पड़ता।

सेक्रेटरी के सामने बैठकर और ही बातें सुननी पड़तीं। सेक्रेटरी राममोहन सेन की कचहरी में विशाल टेबल के सामने बैठकर कमला दत्त एकदम बदल जाती। राममोहन सेन जैसे जादू जानते थे। जिस तरह संपेरे सांप को वश में कर लेते हैं, वैसे ही कमला को भी सेक्रेटरी के पास रहना ही अच्छा लगता है। सेक्रेटरी के हां कहने पर वह हां कहती, उनके ना कहने पर उसकी भी ना

होती। सेक्रेटरी की बात की जैसे वह प्रतिध्वनि हो।

सेक्रटरी प्रश्न करते, फिर खुद ही उत्तर देते, अच्छी-अच्छी बातें, सदुपदेश। कमला सिर्फ सुनती। वैसे वह उससे उत्तर की आशा भी नहीं करते थे।

पूछते, "मन-माफिक काम किसे कहते हैं, कहो तो कमला!"

कमला चुप रहती, तब खुद ही बोलते, "जिस काम के साथ हमारे मन का योग है, जिसमें जबर्दस्ती जैसी कोई बात नहीं होती, जिसे करने से हमें आनन्द मिलता है, उसीको मन-माफिक काम कहते हैं। ठीक है न?" कमला फिर भी कुछ नहीं बोलती।

सेक्रेटरी फिर बोलते, "मन-माफिक काम मिलने पर तो उसे मूर्ख भी कर डालते हैं, उसमें बहादुरी किस बात की?" सिर्फ सिर हिलाकर कमला धीरे से कहती, "हां।"

"तुम्हें मैं अपने मन के मुताबिक बनाना चाहता हूं। मैं चाहता हूं कि तुम हर काम अपनी इच्छा से, अपने मन के मुताबिक करो। इस स्कूल के काम में ही, लड़कियों के पढ़ाने में ही, तुम अपने लिए आनन्द की खुराक ढूंढ़ो। अन्य लोगों की तरह तुम्हें साधारण जीवन नहीं बिताना है। तुम्हारा कर्तव्य काफी महान् है। तुम्हारे ऊपर काफी जिम्मेदारी है। 'जॉन ऑफ आर्क' की कहानी याद है? सिस्टर निवेदिता की बातें याद हैं?"

कहकर सेक्रेटरी काफी देर तक कमला की ओर एकटक देखते रहते। और कमला, वह नीचे नजर झुकाए चप्पल के चमड़े को नाखून से खुरचती होती।

"अब जाओ।"

घोड़ागाड़ी बाहर खड़ी ही होती। कमला धीरे-धीरे गाड़ी में चढ़कर खिड़की बन्द कर लेती।

3

प्रीति कहती, "आज मुझे आधे दिन की छुट्टी चाहिए कमली दी!" कमला काम करते-करते नजर उठाकर कहती, "दरख्वास्त दी है क्या? कहां है, याद तो नहीं आता।"

"आधे दिन की छुट्टी, उसके लिए भी दरख्वास्त!"

"आधे दिन की हो चाहे पूरे, स्कूल का अनुशासन भी तो कुछ है। पता है, सेक्रेटरी यह सब पसन्द नहीं करते।"

"सेक्रेटरी ही सब कुछ हैं, तुम कुछ भी नहीं? तुम भी तो प्रधानाध्यापिका हो, तुम्हारा क्या कोई अधिकार ही नहीं है?"

कमला गम्भीर होकर कहती, "बहस मत करो प्रीति, जो कह रही हूं, सुनो।"

अवकाश के क्षणों में जब सब अध्यापिकाएं होस्टल में बैठी गप्पबाजी कर रही होतीं, कमला दत्त कहती, "तुम लोग इसकी और स्कूल के साथों तुलना मत करो। जो पैसे लेकर पढ़ाते हैं, पढ़ाने-लिखाने के नाम पर जो लोग व्यवसाय करते हैं, उनकी बात अलग है। यहां पढ़ाने का उद्देश्य मनुष्यत्व सिखलाना है, पढ़ाना तो साधन-मात्र है। हमारे सेक्रेटरी मुझसे यही बात कहते हैं। स्वामी विवेकानन्द के उपदेशों का मनन करके देखो, ब्रह्मचर्य ही स्त्री-पुरुषों का सबसे पहला धर्म है। आज तुम लोग हंस सकतीं हो, लेकिन जरा 'जॉन ऑफ आर्क के बारे में सोचो, 'सिस्टर निवेदिता के बारे में सोचकर देखो।"

कभी-कभी रात को सोने के पूर्व स्वामी विवेकानन्द के चित्र के सामने खड़ी-खड़ी काफी देर तक न जाने क्या सोचती रहती। कमला दत्त बिना मां-बाप की लड़की कमला, जो सारे जीवन सेक्रेटरी के प्रति कृतज्ञ है, उस बाघ-निसुन्दिपुर में पाना-पोखर के पास तो शायद अब तक मलेरिया से मर गई होती। बाप की याद नहीं आती। चेहरा देखने पर भी शायद उसे नहीं पहचान पाएगी। लोग-बाग कहते हैं कि वह फक्कड़ आदमी थे। जीवन-मृत्यु से मुक्त, सुख-दुःख, आनन्द-वेदना सब कुछ जीत चुके थे। लेकिन सेक्रेटरी कहते हैं, "अपनी मुक्ति से क्या होगा? स्वयं अपने के लिए मुक्ति की कामना भी तो एक तरह की चरम स्वार्थपरता है।"

बिस्तर पर लेटे-लेटे नींद आने से पहले कमला दत्त काफी समय तक सोचती रहती, एक दिन यह स्कूल और भी बड़ा होगा। इस होस्टल की छत पर खड़े होकर जिधर भी देखोगी, दिखलाई देंगी सिर्फ इमारतें, ऊंची और भव्य। लड़कियों का बोर्डिंग, लड़कियों का स्कूल। लड़कियों को सिलाई सिखाने के

लिए सैकड़ों मशीनें। कान में हर समय गूंजेगा घर्र-घर्र का शब्द। उत्तर दिशा में लड़कियों के लिए स्कूल का अपना अस्पताल होगा, पूर्व की ओर देखते ही नजर आएगी—बगीचे के सामने लड़कियों की व्यायामशाला। पास में ही होगा विशाल पुस्तकालय, वाचनालय, जहां संसार की सारी अच्छी किताबें ठसाठस भरी होंगी। इसके बाद दाहिनी ओर घूमने पर दिखलाई देगा विज्ञान-कक्ष। केमिस्ट्री और फिजिक्स की बड़ी-बड़ी प्रयोगशालाएं, बायोलॉजी तथा जूलॉजी और बोटैनी के यन्त्र, म्यूजियम आदि-आदि। फिर बाईं ओर सीधे जाओ। लाल-लाल बजरी का रास्ता। दोनों ओर छाया करते झाऊ के लम्बे-लम्बे पेड़। थोड़ा चलने पर ही नजर आएगा सभा-कक्ष। लम्बी-लम्बी और चौड़ी सीढ़ियां चढ़कर उसमें घूमते ही दिखलाई देंगे अन्दर चारों ओर टंगे बड़े-बड़े चित्र। सबसे पहले सिस्टर निवेदिता, फिर जॉन ऑफ आर्क, फिर दमयन्ती, लोपा-मुद्रा, गर्गी, मैत्रेयी, सावित्री और सीता से लेकर मैडम क्यूरी, सरोजिनी नायडू—कोई भी बाकी नहीं रहेगा। बीच-बीच में अपने उपदेश देने आएंगे संसार के विभिन्न जगहों के नामी और विख्यात महापुरुष। कितने ही विश्वविद्यालयों के वाइस-चांसलर आएंगे। वे लोग कमला दत्त को वहां देखकर आश्चर्यचकित रह जाएंगे। पूछेंगे, 'आपका, ही नाम कमला दत्त है न? बड़ी ख्याति सुनी है आपकी।' और तभी पास खड़े राममोहन सेन जवाब देंगे, 'सिस्टर निवेदिता के आदर्श पर ही मैंने इन्हें गढ़ा है।'

'ऊंचे आदर्श, उच्च विचार और महान् उद्देश्य होने से एक दिन सफलता मिलती है।'

'कुछ शब्द और कुछ पुस्तकें ही तो शिक्षा नहीं हैं, असली शिक्षा है, मानसिक शक्तियों का विकास।'

उसी शिक्षा को आदर्श मानकर ज्ञान और मनन के सहारे कमला दत्त आगे बढ़ी है, एक न एक दिन तो सिद्धि मिलेगी ही। लड़कियां कमला दत्त से जितना डरती हैं, उतनी ही श्रद्धा भी करती हैं। मैदान में खेलते-खेलते अगर किसीकी नजर कमला पर पड़ जाए, तो सब एकदम खामोश हो जाएंगी, "अरे देख, बड़ी दीदी आ रही हैं!"

लेकिन बड़ी दीदी कुछ भी नहीं कहती, डांटती भी नहीं, सिर्फ सिर पर

हाथ फेरती है और आगे बढ़ जाती है। जाते-जाते कभी कहती है, "वाह! रुक क्यों गईं? तुम लोग खेलो न, लेकिन पढ़ाई-लिखाई ठीक चल रही है न?" या किसी लड़की के चिबुक पर हाथ रखकर स्नेह से पूछती, "तुम किस क्लास में पढ़ती हो?"

लड़की डर से सिटपिता जाती, फिर अपना नाम और क्लास बतलाती।

बड़ी दीदीमनि कहती, "वाह, नाम तो बड़ा अच्छा है! अच्छा, जरा कहो तो, आत्मोत्सर्ग।"

लड़की के ठीक-ठीक बतला देने पर कहती, "ठीक! बड़े होने पर आत्मोत्सर्ग कर पाओगी न बेटी? दूसरों के लिए बड़ा काम करना, जिससे दस आदमियों का भला हो।"

"बेटी, तुम्हारा क्या नाम है?"

"सुमिता।"

"वाह! लेकिन तुम अपने नाम का मतलब जानती हो? तुम सभीकी मित्र हो, तुम किसीसे झगड़ा नहीं करोगी, किसीकी उन्नति पर ईर्ष्या नहीं करोगी, तभी तुम्हारे माता-पिता का रखा नाम सार्थक होगा। समझीं?"

हर रोज स्कूल शुरू होने पर कमला दत्त सारे स्कूल का चक्कर लगाने निकलती। किस कक्षा में लड़कियां शोर-गुल कर रही हैं, अथवा अध्यापिका ठीक से नहीं पढ़ा रही हैं। सब देखकर फिर आकर बैठती अपने कक्ष में। विशाल कक्ष, कमरे के बीचोंबीच सिस्टर निवेदिता का एक चित्र यहां भी टंगा था। सेक्रेटेरिएट टेबल पर बैठकर कुछ देर चिट्ठी-पत्री और फाइलों में समय बिताना पड़ता। छात्राओं के अभिभावक आते फ्रीशिप की दरख्वास्तें। चार महीने का वेतन बाकी पड़ा है। प्रकाशक आते, जो स्कूल में अपनी किताबें लगा लेने का अनुरोध करते। सभीका दावा, सभीका अनुरोध, सभी के साथ नम्र व्यवहार करना, सभीकी बातें शान्ति से सुननी होतीं।

सभी एक-एक कर कमला दत्त को नमस्कार करके चले जाते। सभी उसके मीठे व्यवहार से खुश। चारों ओर कमला दत्त और कमला दत्त। लोग-

बाग कहते, "क्या व्यवहार है! अभी भी ससार से अच्छे आदमी एकदम खत्म नहीं हुए हैं, नहीं तो दुनिया आखिर चलेगी कैसे भाई!"

अभिभावक कहते, "आपके पास अपनी लड़कियां भेजकर हम लोग निश्चिन्त हैं, इसीलिए तो लड़कियों को इसी स्कूल में पढ़ा रहे हैं। नहीं तो क्या लड़कियों के और स्कूल नहीं, पास भी पड़ते हैं, फीस भी कम है, लेकिन..."

सुकुमारी उस समय बड़ानगर के ललिता स्मृति बालिका विद्यालय में नौकरी करती थी। जगह उसे पसन्द भी थी। कलकत्ते के पास ही थी और आदिनाथ के साथ भेंट भी जल्दी-जल्दी होती थी। तनख्वाह भी कोई कम नहीं थी, पैंसठ रुपयें, महंगाईभत्ता ऊपर से; लेकिन प्रधानाध्यापिका के साथ नहीं बनी। बड़ी घमंडी औरत थी। किसीको कुछ नहीं समझती थी। तीन दिन नागा करने से एक दिन की तनख्वाह कट जाती।

कहती, "जरा-सी छूट मिलते ही आप लोग सिर पर चढ़ जाती है।"

सुकुमारी या अन्य अध्यापिका कहती, "बुखार आया था, कहें तो डॉक्टर का सर्टिफिकेट ला दूं?"

मगर वह किसीकी भी सुनने-मानने वाली न थी।

उस दिन आदिनाथ से मिलते ही सुकुमारी ने कहा, "तुम कोई दूसरा स्कूल देखो न, यहां अब और अच्छा नहीं लगता।"

हुगली के इस स्कूल की खबर आदिनाथ ने ही दी थी। अखबार में विज्ञापन निकला था। उसीको देखकर आदिनाथ ने एक दरख्वास्त दे दी थी।

सुकुमारी के और था ही कौन? मामा और ममेरे भाई। लेकिन बुआ की लड़की के बारे में सोचने का उन लोगों के पास समय नहीं था। सुकुमारी के रिश्ते की नाव में कहीं एक बड़ा-सा छेद हो गया था, जिस पर किसीकी नजर नहीं पड़ी। नजर पड़ी थी सिर्फ आदिनाथ की। आदिनाथ ने ही एक दिन चुपके से उस दरार का पता लगाया। इसके बाद उसी दरार से धीरे-धीरे सुकुमारी के जीवन में प्रवेश कर एक दिन अचानक सर्वेसर्वा हो बैठा। सुकुमारी को

कपड़े खरीदने हैं, साथ में आदिनाथ जाएगा। सुकुमारी के लिए नौकरी की दरख्वास्त, छुट्टियों का प्रार्थना-पत्र, उसकी बीमारी के समय डॉक्टर के यहां चक्कर लगाना, सुकुमारी के लिए स्नो, क्रीम, पाउडर खरीदना, सभी कुछ आदिनाथ का काम हो गया।

नये स्कूल में नौकरी की दरख्वास्त पहले ही भेजी जा चुकी थी। इंटरव्यू के दिन आदिनाथ ही साथ आया। इससे पहले दोनों में से कोई भी बैंडिल स्टेशन नहीं आया था, हुगली गर्ल्स हाई स्कूल। सुबह साढ़े नौ बजे खा-पीकर दोनों रवाना हुए थे।

सुकुमारी ने पूछा, "तुम क्या कभी पहले भी इस ओर आए हो?"

"मुझे इस ओर आने की कभी जरूरत ही नहीं पड़ी। तुम आई हो क्या?" आदिनाथ ने पूछा।

दोनों ही नये; लेकिन स्कूल नामी था, इसलिए कोई विशेष तकलीफ नहीं हुई। तीन-चार गाड़ीवान पीपल के पेड़ के नीचे सवारियों की राह देखते खड़े थे।

इन दोनों को देखकर एक साईस ने आवाज दी, "आइए बाबू, अरे माईजी, इधर, एकदम नई गाड़ी है, हवा की तरह जाएगी..."

आदिनाथ ने कहा, "मैं वेटिंगरूम में हूं, तुम हो आओ।"

आखिर में सुकुमारी अकेली ही गई। आदिनाथ को आज भी याद है, एक के बाद एक न जाने कितनी सिगरेटों का उद्धार करके वह उस दुपहर को छटपटाया था, लेकिन सुकुमारी का अभी भी कोई पता नहीं था। बीच-बीच में एक-आध ट्रेन आती तो थोड़ी हलचल होती। ट्रेन के जाते ही सब शान्त। पान-बीड़ी और चाय वाले थोड़ी देर चीखकर फिर ऊंघने लगते। प्लेटफॉर्म नम्बर दो के उस पार केवल जंगल ही जंगल नजर आ रहा था। जंगल की हरियाली देखकर आंखें फटी रह जाती थीं। काठ की एक बेंच पर बैठे-बैठे क्लान्ति से प्रायः सो ही गया था कि सुकुमारी हंसती-हंसती आई।

आदिनाथ ने पूछा, "बड़ी खुश नजर आ रही हो, नौकरी मिल गई क्या?"

सुकुमारी ने कहा, "मैं अगर नौकरी न भी करना चाहूं तो भी वे लोग मुझे नहीं छोड़ रहे थे।"

"मतलब?"

"मतलब और क्या, एपॉइंटमेंट मेरा ही हुआ, और किसी का भी नहीं। वे लोग तो मुझे छोड़ ही नहीं रहे थे। कहते थे, 'काफी दूर से आई हैं, खा-पीकर जाइएगा।"

"हूं, तब क्या तुम खा-पीकर आई हो?"

"वाह, तुम यहां बिना खाए-पीए पड़े हो और मैं खाकर आती! मेरा मन तो यहीं लगा था।"

"उसमें क्या है, खाकर ही आतीं न!'"

"यह देखो, गुस्सा हो गए न? मैंने क्या जानकर देर की है? इंटरव्यू कब खत्म हो गया, आते समय कहने गई, लेकिन छोड़ा नहीं। कहने लगे, 'जरा रुकिए, यहीं खा-पीकर जाइएगा।' बड़ी मुश्किल से यह कहकर पीछा छुड़ाया कि मेरे साथ में कोई और भी है।"

"उन लोगों ने पूछा नहीं कि कौन है?"

"पूछने से क्या है, मैं बतलाऊंगी ही क्यों? मैंने बात एकदम टाल दी। जो भी हो, वहां की हेड मिस्ट्रेस बड़ी अच्छी है, कितना मीठा स्वभाव, बिल्कुल मां की तरह। सभी उनसे खुश हैं। स्कूल की सभी अध्यापिकाएं उनकी प्रशंसा कर रही थीं। उन लोगों ने कहा, 'यहां पर आपको जरा भी तकलीफ नहीं होगी, हमारे सेक्रेटरी ने व्यवसाय के लिए तो स्कूल खोला नहीं है। हम लोगों की इच्छा है कि एक दिन सारे बंगाल, बंगाल ही क्यों, सारे भारत में, इस बैंडिल में ही सिर्फ लड़कियों की एक यूनिवर्सिटी हो। सामने की वह जमीन देख रही हैं—चारों ओर जितनी है, सब स्कूल की सम्पत्ति है। सेक्रेटरी ने स्कूल के ही नाम कर दी है।' "

कमला दत्त ने सुकुमारी को बतलाया, "वह देखिए, उस स्थान पर हम लोगों का हॉल बनेगा। जगह-जगह से प्रसिद्ध व्यक्ति आकर वहां भाषण देंगे। अन्दर बड़े-बड़े तैल-चित्र लगाए जाएंगे, केवल महिलाओं के। संसार की जितनी भी महिलाएं हैं—दमयन्ती, लोपामुद्रा, गार्गी, मैत्रेयी, फ्लोरेंस

नाइटिंगेल, सीता, सावित्री, मैडम क्यूरी, सिस्टर निवेदिता, सरोजिनी नायडू—सभी के। और उस ओर जो खाली जगह दिखाई दे रही है, वहीं होंगी केमिस्ट्री, फिजिक्स और जूलॉजी की लेबोरेटरियां और म्यूजियम। आप लोग आइए। सेक्रेटरी की लेबोरेटरियां और म्यूजियम। आप लोग आइए। सेक्रेटरी का कहना है, कुछ चुनी किताबें पढ़ना या कुछ शब्दों को सीख लेना ही शिक्षा नहीं है। मानव के मन-मस्तिष्क की सारी शक्तियों के विकास का नाम ही वास्तविक शिक्षा है। हम लोगों के सेक्रेटरी को देखा न लड़कियों की शिक्षा के लिए उन्होंने क्या नहीं किया है! यह उन्हीं की चेष्टा थी कि एक छोटी-सी टीन-शेड से यह स्कूल आज इतना बड़ा हुआ है। इसीलिए चारों ओर इतनी ख्याति है।"

सुकुमारी ने कहा, "लेकिन सभी तो कहते हैं कि आपकी चेष्टा से ही हुआ है?"

"मेरी बात छोड़ो भाई! मैं जानती ही क्या हूं, पढ़ाई-लिखाई भी कितनी की है? माता-पिता तो थे नहीं, दूसरे के घर रहकर...अच्छा, आपके घर में कौन-कौन हैं?"

"मेरे भी मां-बाप कोई नहीं हैं। दूर रिश्ते के एक मामा हैं।"

"तब तो आपके साथ मेरी खूब पटेगी। आप भी मालूम होता है, अधिक विलासिता नहीं पसन्द करतीं।"

सुकुमारी ने कहा, "विलासिता करने लायक पैसा ही कहां है?"

"क्यों, शायद पैसा होने पर विलासिता करतीं! अगर अच्छी तरह से सोचकर देखें, विलासिता में जरा भी सुख नहीं है। अगर होता, तो इतने लोग, जिनका नाम लिया, यही फ्लोरेंस नाइटिंगल, मैडम क्यूरी, जॉन ऑफ आर्क और सिस्टर निवेदिता, सब सेवा का पथ नहीं चुनतीं। इसके अलावा मन-माफिक काम तो मूर्ख भी कर लेते हैं। उसमें बहादुरी ही क्या है? लेकिन सब कामों के माफिक अपने मन को बना लेना ही बड़ी बात है।"

और दूसरी अध्यापिकाओं के साथ भी बातचीत हुई। सभी खूब खुश थीं। अधिकांशतः सुकुमार की तरह ही दूर से आई हुई थीं। चाल-चलन, पोशाक, बातचीत सब सादा और आडम्बरहीन।

एक ने कहा, "आप आइए न, यहां होस्टल-खर्च फ्री है, खाने के लिए सिर्फ मेसिंग चार्ज देना होगा। वह भी एकदम नाममात्र को, किसी महीने चौदह, किसी महीने पन्द्रह। यहां सिनेमा-थियेटर की तो ख़ैर बात ही नहीं, रास्ते में घूमना भी मना है। इसीसे अगर कहीं जाना है तो गाड़ी का ख़र्च है। आइए न आप। आपकी मां नहीं हैं, कमला जी आपको मां की तरह देखेंगी।"

इसके बाद फिर एक दिन सुकुमारी आदिनाथ को साथ लेकर आई। दरख्वास्त भी एक दिन आदिनाथ ने लिखी। इंटरव्यू के लिए भी आदिनाथ को साथ लाई। इस बार भी सूटकेस-बिस्तर वगैरह सामान आदिनाथ ही पहुंचा गया। सुकुमारी ने पहुंचकर कहा, "इतनी दूर की नौकरी; बराबर आओगे न?"

आदिनाथ ने कहा, "आऊंगा नहीं तो क्या!"

"मुंह से ही कह रहै हो, मुझे यहां पहुंचाकर तुम्हें तो छुट्टी हुई। तुमसे दूर रहकर मुझे तो डर लग रहा है। सचमुच आओगे न?"

आदिनाथ ने कहा, "जरूर आऊंगा। हां, पहले की तरह जल्दी-जल्दी तो आ नहीं पाऊंगा। महीने में दो-तीन बार आने की कोशिश करूंगा।"

"नहीं, हर शनिवार को आना होगा।"

"हर शनिवार को यदि ना आ पाऊं? कितना काम बाकी पड़ा है!"

"अगर शनिवार के शनिवार नहीं आओगे, तो मैं नौकरी छोड़ दूंगी, तुम्हें कहे देती हूं। फिर मामा के यहां जाकर चूल्हा फूंकूंगी, वही शायद अच्छा लगेगा।"

आदिनाथ ने कहा, "मैं फिर क्या कहता! उसी पीपल के पेड़ के नीचे से एक गाड़ी ठीक कर सुकुमारी को बैठा दिया और हर शनिवार को आने का वचन दिया। वचन देकर रखना ही होगा, इस बात पर मेरा जरा भी विश्वास नहीं है। यह बदनामी मेरे घनिष्ठ से घनिष्ठ मित्र भी मेरे बारे में नहीं करेंगे। इसके अलावा सुकुमारी के प्रति मेरा जितना आकर्षण है, उतना ही रमा, रमला, सुतपा, सुप्रीति पर भी है। सुकुमारी के लिए जितना समय खर्च

करूंगा, उतना और सभीपर भी करना होगा। सभी के प्रति मेरा आकर्षण समान था। किसी पर भी पक्षपात जैसी कोई बात नहीं थी। हर एक समझती थी कि मैं सिर्फ उसका ही हूं। उसके लिए बड़े से बड़ा त्याग करने को हर समय तैयार रहूंगा। लेकिन आज कहने में दोष नहीं है कि उस दिन, 'हुगली गर्ल्स हाई स्कूल' में सुकुमारी को पहुंचाकर मैं जरा भी विचलित नहीं हुआ। वास्तव में जरा समय मिलेगा, थोड़ी मुक्ति मिलेगी, सोचकर जरा खुशी ही हुई थी।

लेकिन सुकुमारी के दिन वहां अच्छे ही कट रहे थे। शुरू में तो प्रायः रोज ही चिट्ठी आती, नये स्कूल की बातें, नौकरी का विवरण। चिट्ठी लिखने में मुझे जितना आलस आता, सुकुमारी का हाल ठीक उल्टा ही था। चिट्ठी में पचानवे प्रतिशत बातें होतीं कमला दत्त की। वैसी औरत मैंने नहीं देखी। कमला दी ने क्या कहा, कमला दी ने क्या करने को मना किया है, कमला दी को क्या अच्छा लगता है, क्या सोचती है, कमला दी का स्वप्न क्या है, यही सब वह लिखती।

वह लिखती—और भी तो कितनी जगह नौकरी की, लेकिन ऐसी हेड मिस्ट्रेस कही नहीं देखी। हम लोगों को कुछ भी नहीं सोचना होता। सब कुछ कमला दी के ऊपर छोड़कर निश्चिन्त रहती हैं। मां को देखा नहीं; बहन या भाई भी नहीं है, सिर्फ तुम्हें छोड़कर जीवन में किसी का प्यार भी नहीं मिला। कमला दी ने जैसे सब कमियों को पूरा कर दिया है। तुम शनिवार को आओ। कमला दी से परिचय कराऊंगी। तुम्हें भी पसन्द आएंगी। ऐसी औरतें सच में कम ही होती हैं—हर चिट्ठी में पंचमुख से कमला दी की प्रशंसा।

लेकिन पहले कुछ शनिवारों को कई कारणों से आदिनाथ नहीं जा पाया। कॉलेज छोड़कर व्यापार अभी शुरू ही किया था। इस व्यवसाय के ऊपर ही आदिनाथ का भविष्य निर्भर था। इसके अलावा और सब तो थीं ही, सिर्फ सुकुमारी ही तो नहीं थी। फिर सुकुमारी चिट्ठी तो नियमित लिख ही रही थी, अतः बैंडिल जाने की योजना कुछ दिनों के लिए स्थगित कर दी गई।

कमला दत्त ने सुकुमारी को पहले ही दिन बतला दिया, "देखो भाई, हमारे होस्टल में जरा कड़ाई है।"

"उसमें मुझे कोई आपत्ति नहीं।" सुकुमारी ने कहा।

"हां भई, यह-वह अध्यापिका और छात्राओं से मिलने हर समय चले आ रहे हैं, वह नहीं चलेगा। सेक्रेटरी को यह सब पसन्द नहीं है। कहते हैं, 'लड़कियों का स्कूल है, इसलिए जरा सावधान होकर चलना होगा।' हां, तुम्हारे अभिभावक के रूप में किसका नाम लिखूं? ज्यादा लोगों का नाम मत देना भाई, उससे काम का बड़ा नुकसान होता है। इसके अलावा फिर सभी इसका-उसका नाम देंगे, किसी पर भी अनुशासन नहीं रहेगा।"

सुकुमारी ने कहा, "अधिक आदमियों के नाम मैं पाऊंगी कहां कमला दी! मैं भी तो माता-पिताहीन लड़की हूं, नहीं तो क्यों घर छोड़कर नौकरी करने आती!"

कमला दत्त जैसे जरा क्षुब्ध हो उठी। बोली, "इसे नौकरी क्यों कह रही हो सुकुमारी? गृहस्थी सभी बसाते हैं। गृहस्थी में क्या सुख है? मैंने देखा है, स्वयं गृहस्थी नहीं बसाई है, लेकिन गृहस्थी में मां को सारी जिन्दगी किस तरह कष्ट उठाने पड़े, वह देखा है। मान लो कि यह आश्रम है। सभी यहां सेवा करने आए हैं, छात्राओं की सेवा करें, अपने मनुष्य-जीवन पाने का अधिक से अधिक लाभ उठाएं।"

पिछले दिन सेक्रेटरी के पास सुनी बातों को कमला दी फटाफट बोल जाती। सभी अध्यापिकाएं कह रही थीं कि युद्ध के कारण सभी चीजों के दाम बढ़ गए हैं। पांच रुपये मंहगाई भत्ता बढ़ा देने से उन लोगों का काफी लाभ होगा। छात्राओं की फीस तो हम लोगों ने बढ़ा दी है।

सेक्रेटरी राममोहन सेन के सिरहाने स्वामी विवेकानन्द की गेरुआ पगड़ी पहने तसवीर है। क्या तेज से दमदमाता चेहरा! नये युग का नया अवतार! कमला दत्त ने पलक उठाकर सेक्रेटरी के चेहरे की ओर देखा। लगा, जैसे सेक्रेटरी की दोनों आंखें भी उतनी ही तेजोमय, उतनी ही दीप्तिमय और करुणा से भरी हैं। उस चेहरे के पास जैसे पांच रुपये महंगाई भत्ते की अर्जी लाकर महान् अपराध किया। मन में हुआ कि वह इस छोटी-सी बात के लिए

इस महान् आत्मा का ध्यान भंग करने क्यों आई! उसकी इतने दिन की शिक्षा और उपदेश जैसे बेकार गए।

सेक्रेटरी ने पूछा, "तुमने क्या कहा कमला?"

"मैंने उन लोगों से कुछ नहीं कहा, सिर्फ इतना ही कहा है कि सेक्रेटरी के सामने मैं दरख्वास्त पेश कर दूंगी। फिर वह जो भी करें।"

राममोहन सेन जरा मुस्कराए, बोले, "मैं भी कुछ नहीं कर पाऊंगा। स्कूल सिर्फ मेरा ही नहीं है। मैं सेक्रेटरी भले ही हूं, लेकिन यह प्रतिष्ठान तो सभी का, सारे जन-साधारण का है। इसकी एक कमेटी भी है। प्रतिष्ठान का अच्छा-बुरा, उन्नति-अवनति हर विषय की जिम्मेदारी उसी की है; लेकिन तुम भी तो कुछ कह सकती थीं?" कहकर सेक्रेटरी जरा रुके। फिर बोले, "कह नहीं सकती थीं?'

कमला दत्त की समझ में जैसे कुछ नहीं आया हो। सिर झुकाए बैठी रही।

सेक्रेटरी ने कहा, "बहुत कुछ कह सकती थीं। कह सकती थीं कि यह प्रतिष्ठान एक आश्रम की तरह है। यहां हम सभी सेवा करने आए हैं, छात्राओं की सेवा और अपने मनुष्यत्व-लाभ की दुस्साध्य साधना करने। कह सकती थीं कि इस मानव-संसार में हम लोगों ने अक्षय सम्पदा का अधिकार लेकर जन्म ग्रहण किया है। परमात्मा की इतनी बड़ी देन का हम लोगों को उपहास नहीं करना चाहिए। इस वरदान का, मानवता की सेवा न कर, गृहस्थी और नोन, तेल, लकड़ी में दुरुपयोग नहीं करना चाहिए। संसार के और बोग जो चाहें, करें; जो सोचना चाहें, सोंचें; लेकिन हम यहां शान्ति और आराम के लिए नहीं आए हैं। हमने कल्याण की चाहना की है। और कल्याण चाहकर दुःख-कष्ट से घबड़ाना नहीं चलेगा। कल्याण का तो जन्म ही दुःख से है और कष्ट ही है उसका मुकुट...ये सब बातें क्या तुम कह नहीं सकती थीं?"

कमला ये सब बातें सुनते-सुनते जैसे खो गई थी। फिर अचानक उसे लगा, जैसे एक ही दिन में उसने बहुत कुछ सीख लिया हो।

सेक्रेटरी ने कहा, "अरे, तुम तो उठ रही हो?"

"हां, मैं अब चलूंगी, उन लोगों को ये सब बातें बतलाऊंगी।"

और वह चली आई—इतना ही काफी था।

उस दिन प्रथम कक्षा की छात्राओं को पढ़ाते-पढ़ाते कमला दत्त ने कहा, "तुम लोगों की तरह मैं भी एक दिन छोटी थी। मैंने भी तुम लोगों की इसी संस्था में सब कुछ सीखा है, पास किया है। हमारी यह संस्था मात्र एक स्कूल नहीं है, यह है एक आश्रम, जहां हम सब सेवा करने आए हैं, दूसरों की भलाई करने आए हैं। अपने मानव-जीवन का अच्छे से अच्छा उपयोग करेंगे। तुम लोग अच्छी तरह से सोच देखो—मनुष्य विधाता की श्रेष्ठ सृष्टि है। हम लोगों के अधिकार, हम लोगों की शक्ति असीम है। विधाता के वरदान को व्यर्थ नष्ट कर हमें उसका उपहास नहीं करना है। और लोग जो चाहें, करें; लेकिन यहां आकर हमको खाली नहीं बैठना है। कुछ करना है, जो कल्याणकारी हो; लेकिन कल्याण के साथ दुःख भी हो सकता है, जिसका हमें सामना करना है। यह संस्था छोड़कर अब तुम लोग कर्मभूमि में उतरो, तो मेरी आज की बातों को याद करना।"

लड़कियां कहतीं, "बड़ी दीदी कितना अच्छा पढ़ाती हैं।'

"एम० ए०, बी० टी० कोई हंसी-खेल नहीं है।"

महीने में एक बार कमेटी की मीटिंग होती। मीटिंग सेक्रेटरी की कचहरी में ही होती, और भी मेम्बर आते। प्रधानाध्यापिका कमला दत्त भी एक ओर चुपचाप जैसे साक्षी देती बैठी रहती।

इस प्रकार की बैठकों में साधारणतः सेक्रेटरी राममोहन सेन ही सब कुछ होते थे। जो कुछ भी करना होता, वही करते, प्रस्ताव पास कराना, वार्षिक व्यय पास कराना अथवा वार्षिक आय-व्यय की रिपोर्ट देना। इसके अलावा संस्था के बारे में अगर कोई शिकायत आदि होती तो वह भी।

वह कहते, "आप लोगों को यह तो मालूम ही है कि हम लोगों का यह स्कूल मात्र लड़कियों का स्कूल ही नहीं है, यह तो एक बड़े प्रतिष्ठान का एक विभाग-मात्र है।"

सरल बाबू ब्राह्म थे। लम्बी दाढ़ी और मूंछों से भरा चेहरा। अलवान लपेटे एक ओर बैठे। बोले, 'सो तो है ही।"

सेक्रेटरी ने कहा, "अपने हुगली जिले में शिक्षा का जो बीज हम लोगों ने रोपण किया है, आशा है, वह एक दिन यूनिवर्सिटी के रूप में फल-फूलकर बड़ा होगा। लड़ाई के हंगामे से बचने के लिए बहुत-से लोग यहां आ बसे हैं। छात्राओं की संख्या भी पहले से दुगुनी हो गई है। स्थानाभाव को पूरा करने के लिए स्कूल की इमारत को बढ़ाना होगा। अतएव मेरा प्रस्ताव है कि छात्राओं की फीस में कुछ बढ़ोतरी की जाए—विशेषकर जबकि सारी चीजों की कीमत तेजी से बढ़ रही है, हमें यह करना ही होगा।"

ललित बाबू खुद व्यापारी आदमी थे। बोले, "अरे और क्या, दाम तो बढ़ ही गए हैं। कल सुबह ही बाईस रुपये के भाव से तीन सौ गुस माल खरीदा है और शाम को ही, क्या बताऊं मोशाई, कुछ कहना नहीं, सुनना नहीं, दाम एकदम बारह आना बढ़ गए। पहले से पता होता तो और ज्यादा खरीद लेता।"

सरल बाबू ने सरलता दिखलाई, "शिक्षा का दाम बढ़ाना क्या अच्छा होगा? एक तो वैसे ही गरीब गृहस्थ...आपका क्या मत है कमलादेवी?"

लेकिन जवाब दिया सेक्रेटरी ने, "शिक्षा के सम्बन्ध में जब बात उठी है तो उस बारे में भी मुझे कुछ कहना है। आपको मालूम ही है कि स्त्री-शिक्षा के लिए यहां की महान् विभूतियों ने क्या किया था। विशेषकर इस हुगली जिले में कितने विरोध के बावजूद आज स्त्री-शिक्षा का प्रचार हुआ है—यह तो आप लोगों के लिए अनजानी बात नहीं है। इसका सारा श्रेय उन महापुरुषों को ही हैं।"

सरल बाबू ने शरीर को झटका देकर कहा, "हां, राममोहन राय को हम लोग कहीं भूल न जाएं।"

सेक्रेटरी बोले, "उस समय जबकि क्रिश्चियन मिशनरियों की चेष्टा से हिन्दू धर्म प्रायः लोप हो रहा था, यहीं राममोहन राय आए थे तब हम लोगों का उद्धार करने।"

सरल बाबू ने सीधे बैठते हुए कहा, "उसीके साथ ब्रह्मानन्द केशवचंद्र के बारे में भी तो कुछ कहिए।"

तारक बाबू गले और सिर में मफलर लपेटे अभी तक चुपचाप बैठे थे।

कुछ कहना उनका स्वभाव नहीं था, लेकिन और नहीं रुक पाए।

"क्यों, विद्यासागर क्या ऐसे ही आ गए थे? विद्यासागर क्या बाढ़ के पानी के साथ आ गए थे?"

सरल बाबू जल्दी उत्तेजित नहीं होते। इस बार भी नहीं हुए, बोले, "विद्यासागर महाशय ने जो कुछ भी किया हो, शुरू में तो थे राममोहन राय और फिर ब्रह्मानन्द केशवचन्द्र। उनके उपदेश पढ़े हैं—अहा, कितने महापुरुष थे वे लोग!"

तारक बाबू बोले, "आप सीता-वनवास पढ़ें, उससे भी अच्छा लगेगा। शिक्षा-शिक्षा तो कर रहे हैं, विद्यासागर महाशय यदि किताबें नहीं लिखते तों लड़कियां पढ़ती क्या?"

तभी सेक्रेटरी ने रोक दिया। कहने लगे, "अगर यही बात है तो इसी हुगली जिले में सन् 1800 में बंगाल में सबसे पहले श्रीरामपुर से महिला स्कूल खोलने वाली थीं एक विदेशी महिला, जिनका नाम था मैडम हैना मार्शमैन! वास्तव में बंगाल का सर्वप्रथम महिला स्कूल वही था। किसी एक के करने से कोई महान् काम नहीं होता। हुआ भी नहीं है—लेकिन इसका यह मतलब नहीं है कि कोई किसीसे छोटा है। अपने इस स्कूल को ही लीजिए क्या मुझ अकेले की चेष्टा से यह बन पाता? आप सभी लोगों की सहायता से ही तो आज इस स्थिति में आ पाया है।"

ललित बाबू ने कहा, "यह कैसे कहा जा सकता है? आपने इस स्कूल में कम से कम दो लाख रुपया तो लगाया ही है। कौन करता है आजकल — व्यापार में दो लाख लगाने से डबल न सही, सेवेण्टी परसेण्ट तो..."

सेक्रेटरी बोले, "लाभ-नुकसान की बात सोचकर मैंने इस स्कूल की नींव नहीं डाली थी। यह प्रसंग आज की बैठक में असंगत है। आज मैं एक और ही विषय आप लोगों के सामने रखना चाहता हूं। स्कूल की कुछ अध्यापिकाओं ने एक दरख्वास्त मेरे पास भेजी है, तनख्वाह बढ़ाने के लिए। मैं दरख्वास्त पढ़कर सुनाता हूं, सुनिए—सुनकर आप लोगों का जो मत हो, कहें।"

बोर्डिंग में सभी उत्सुकता से प्रतीक्षा कर रही थीं।

मनीषा सेन ने कहा, “महीना अगर न भी बढ़े तो क्या करेंगे भाई, नौकरी तो नहीं छोड़ पाऊंगी!”

माधुरी ने कहा, “क्यों, आसनसोल गर्ल्स स्कूल में जाते ही अस्सी रुपये मिलेंगे।”

“विज्ञापन मैंने भी देखा है। गणित, हिस्ट्री, अंग्रेजी सभी कुछ पढ़ाना होगा। मेहनत नहीं है क्या! इसके अलावा कोचिंग क्लास ऊपर से है।” इला दत्त ने कहा।

“और दूर कितना!” मनीषा सेन ने कहा, “आसनसोल क्या यहीं है?”

“अरे, बैंडिल आए हैं तो क्या आसनसोल नहीं जा पाएंगे?”

माधुरी ने कहा, “जब घर ही छोड़ा है तो जहां ज्यादा पैसे मिलेंगे, वहीं जाएंगे।”

मनीषा सेन ने कहा, “लेकिन कमला दी की-सी हेड मिस्ट्रेस कहा पाओगी?”

इला दत्त बोली, “इसके अलावा कुछ दिन बाद ही तो हमारा स्कूल कॉलेज हो रहा है। तब तो प्रोफेसर भी हो सकते हैं।”

“हां, कॉलेज न यूनिवर्सिटी!” माधुरी ने जलकर कहा।

मनीषा सेन ने कहा, “मैं कह रही हूं न, यूनिवर्सिटी न हो, लेकिन कॉलेज तो होगा ही, तुम देख लेना।”

सुकुमारी उस समय नई-नई आई थी। उसकी समझ में कुछ भी नहीं आया।

सबके चले जाने के बाद सुकुमारी ने पूछा, “अच्छा मनीषा दी, आपने कहा कि कॉलेज होगा, ऐसा क्यों?”

“अरे, सब समझ में आएगा। कुछ दिन रुको, खुद मालूम हो जाएगा कि क्यों होगा।”

“कहिए न मनीषा दी, क्यों होगा?”

“तो सुनो,” मनीषा दी ने कहा, “वह कमला दी हैं न, उन्हींके लिए यह स्कूल प्राइमरी से जूनियर हुआ, फिर एक दिन जूनियर स्कूल से हाई स्कूल हुआ, अब हाई स्कूल को कॉलेज करने की बात चल रही है। और कमला दी

अगर यह स्कूल छोड़ दें, तो सेक्रेटरी इस स्कूल को बंद कर देंगे। उन्हींके लिए तो यह स्कूल है। हम लोगों की नौकरी और जो कुछ भी देख रही हो, सब कुछ—वही ध्येय है, हम लोग तो मात्र निमित्त है।"

"लेकिन स्कूल क्यों बन्द कर देंगे?"

पहले तो सुकुमारी काफी आश्चर्यचशित हो गई—ध्येय, निमित्त केवल कमला दी! लेकिन और सुनने को समय नहीं था। मीटिंग समाप्त कर कमला आ गई थी।

उस दिन तनख्वाह किसीकी भी नहीं बढ़ी। जितने साल सुकुमारी ने शादी से पहले वहां नौकरी की, उतने दिन कहने लायक तनख्वाह कभी नहीं बढ़ी। वेतन-वृद्धि के प्रश्न पर हमेशा ही व्यय की कमी का सवाल आ खड़ा होता।

कमला दी कहती; "मान लो न कि हम लोग सब सेवा करने आए हैं। देशवासियों की सेवा, अपने मनुष्य-जीवन का अच्छे से अच्छा उपयोग करने यहां आए हैं, ऐसा नहीं सोच सकतीं क्या?"

मीटिंग से आकर कमला दत्त ने उस दिन कक्षा में जाकर लड़कियों को भी उपदेश दिया। कहा, "एक दिन इसी बंगाल में राजा राममोहन राय ने फिर से स्त्री-शिक्षा का बीजारोपण किया। बाद में कुछ विदेशी मिशनरियों, केशवचन्द्र सेन, ईश्वरचन्द्र विद्यासागर आदि ने इसे आगे बढ़ाया; लेकिन सुनकर शायद तुम लोगों को आश्चर्य होगा, आज से प्रायः डेढ़ सौ वर्ष पहले बंगाल के इसी हुगली जिले के श्रीरामपुर में सबसे पहला बालिका विद्यालय खुला। यह बात सन् 1800 की है। उस विद्यालय की स्थापना की एक विदेशी महिला ने। उनका नाम तुम लोग याद रखो। वह थीं सुविख्यात पादरी मार्शमैन साहब की पत्नी श्रीमती हैना मार्शमैन। इसी हुगली जिले के बैंडिल शहर में एक और प्रथम महिला विद्यालय की स्थापना करने वाले का भयानक दिन प्रातःस्मरणीय रहेगा। इसके साथ यह भी याद रखो, आज जो तुम लोगों की फीस में आठ-आना बढ़ा है, आशा है, उस गौरवमय दिन की याद कर इसके लिए तुम लोगों के मन में क्षोभ नहीं होगा। अपने माता-पिता को भी यह बात

अच्छी तरह से समझा देना, जिससे वे लोग भी हम लोगों के महान् उद्देश्य में सहायता करें।"

ठीक उसी समय एक घटना हो गई। आदिनाथ ने कहा, "उसी बीच एक दिन शनिवार को सुकुमारी की चिट्ठी पाकर मैं हुगली गर्ल्स हाई स्कूल, बैंडिल की प्रधानाचार्या कमला दत्त के दफ्तर में जाकर हाजिर हुआ।"

इससे पहले बैंडिल स्टेशन पर आदिनाथ सिर्फ दो बार ही आया था। पहले तो सुकुमारी को लेकर इंटरव्यू के लिए, फिर नौकरी करने पर सुकुमारी को पहुंचाने।

सुकुमारी ने लिखा था, "बार-बार लिखने पर भी तुम नहीं आ रहे हो। अगर शनिवार को भी नहीं आओगे तो मैं नौकरी छोड़ दूंगी। मुझे यहां अकेले छोड़कर तुम मजे से घूमो, यह नहीं चलने का। जरूर आना, कहे देती हूं। स्टेशन से बाहर आकर आने-जाने के लिए एक घोड़ागाड़ी ठीक करना। मैं तुम्हारे साथ कलकत्ता घूमने जाऊंगी।"

उन दिन वाला गाड़ीवान शायद पहचान गया। धूप में स्टेशन के आसपास की सारी जगह जल रही थी। सिर्फ पीपल के पेड़ के नीचे जरा-सी छाया थी।

हुगली गर्ल्स हाई स्कूल को आदिनाथ ने उसी दिन पहली बार देखा था। दो-तीन दोमंजिली इमारतें। चारों ओर लताओं से ढकी चहारदीवारी, लगभग जेल की चहारदीवारी के बराबर ऊंची। सामने लाल कंकरीट बिछा अन्दर जाने का रास्ता।

प्रधानाचार्या के कमरे में सूचना भिजवाते ही अन्दर से बुलाहट आई।

सुकुमारी की चिट्ठियों के कारण आदिनाथ कमला दत्त के बारे में काफी जानता था। दफ्तर में घुसते ही उसे लगा, जैसे कमला दत्त को उसने पहले भी देखा हो। वही विशाल सेक्रेटेरिएट टेबल। पास ही अलमारियों में किताबों का पहाड़। सामने की दीवाल पर सिस्टर निवेदिता की काफी बड़ी तसवीर। साफ-सुथरा करीने से सजा कमरा। उसमें सरल-स्वस्थ, लेकिन गम्भीर चेहरे पर चश्मा लगाए कमला दत्त को दूर से ही पहचाना जा सकता था।

कमरे में आदिनाथ के घुसने के साथ ही कमला दत्त ने सिर उठाकर देखा, पूछा, "आप ही का नाम शायद आदिनाथ मुकर्जी है?"

"जी हां।" आदिनाथ ने जवाब दिया।

कमला दत्त ने सामने की कुरसी दिखाकर कहा, "बैठिए, सुकुमारी को अभी बुलाए देती हूं।"

आदिनाथ के बैठने पर कमला दत्त ने एक कागज पर न जाने क्या लिखकर अन्दर भेज दिया, फिर बोली, "हमारे यहीं छात्राओं अथवा अध्यापिकाओं के आने-जाने की काफी कड़ी व्यवस्था है।"

इसपर आदिनाथ ने कहा, "ठीक ही तो है, यही ती होना चाहिए।"

"हां, और इसमें," कमला दत्त ने कहा, "आप लोगों को भी सुविधा है और आप लोगों की स्वजन अध्यापिका या छात्रा, जी भी यहां रहें, उनकी भी सुविधा रहती है। छोटी जगह है न, इसीलिए हमारे सेक्रेटरी इस विषय में खूब कड़े हैं।"

आदिनाथ और क्या कहता! सिर्फ कहा, "यह तो है ही, आजकल जरा सख्त होकर ही चलना चाहिए। मेरी भी यही धारणा है।"

कमला दत्त ने इस प्रकार कहा, जैसे कैफियत दे रही हो, "हां, लेकिन कुछ लोग यह सब पसन्द नहीं करते, इसीलिए कहा जाता है कि लड़कियों का स्कूल चलाना वास्तव में एक आफत है। जरा भी इधर-उधर होने से पचास बातें उठती हैं।

सुकुमारी शायद तैयार ही थी, सिर्फ बुलाने की ही राह देख रही थी; लेकिन उतने ही से समय में कमला दत्त से काफी बातें हो गई।

आदिनाथ ने पूछा: "इस बारे में तो सुना है, आपके स्कूल का काफी नाम है।"

कमला दत्त के हाथ में कलम और सामने अधलिखी चिट्ठी पड़ी थी। इस बात के उत्तर में उसने उस चिट्ठी को फिर से लिखना शुरू कर दिया। जब सुकुमारी आई तो उसने देखा कि आदिनाथ चुपचाप बैठा है और कमला दी चिट्ठी लिख रही है।

"अच्छा, तो कमला दी, मैं चलूं फिर...?"

कमला दत्त ने कहा, "अच्छा भई, लेकिन ज्यादा देर मत लगाना। मैं तुम्हारी राह देखूंगी।"

बाहर आकर दोनों गाड़ी में बैठे।

सुकुमारी ने कहा, "खिड़की बन्द कर लो।

"वाह, दम घुटेगा।"

"नहीं, घुटने दो। हमारे स्कूल का यही नियम है। जरा ही-सा तो रास्ता है, फिर ट्रेन में तो खुला मिलेगा ही। हां, तो तुमने कमला दी को देखा?"

"देखा।" आदिनाथ ने जवाब दिया।

"वह तो पता है कि देखा, लेकिन कैसी लगीं?"

आदिनाथ उस दिन हंस पड़ा था। कहा, "अलंकार-शास्त्र के अनुसार तुम्हारी कमला दत्त शंखिनी की श्रेणी में आती है।"

"शंखिनी! वह क्या?"

"शास्त्रानुसार नारी के चार प्रकार होते हैं, पद्मिनी, चित्रिणी, शंखिनी और हस्तिनी; लेकिन तुम्हारी कमला दी को हस्तिनी नहीं कहूंगा, नहीं तो तुम नाराज हो जाओगी। शंखिनी ही ठीक रहेगा। कहा भी है :

दीघल श्रवन, दीवल नयन,
दीघल चरण, दीघल पाणि..."

इसके बाद जरा हंसकर उस दिन आदिनाथ ने कहा था, "ये सारे लक्षण तो दूर से ही मिल गए, लेकिन शंखिनी नारी के साथ..."

"हे भगवान्!" सुकुमारी ने आश्चर्य से कहा, "इन्हीं सब लक्षणों से तुम किसीके बारे में सोचते हो क्या?"

आदिनाथ ने कहा, "लक्षण बिना मिलाए चल सकता है क्या? औरत के चरित्र के बारे में शास्त्रों में लिखा है—'दैवौ न जानाति कुतो मनुष्यः!' लक्षण मिलाकर फिर भी जरा अंदाज लग जाता है।"

"इतनी देर में तुमने तो चेहरा, कान, नाक, आंख, हाथ-पैर सभी देख लिए होंगे? और क्या-क्या लक्षण देखे?"

"और जो लक्षण हैं, उन्हें मिलाने के लिए और भी अच्छी जानकारी की आवश्यकता है। ऊपर ही ऊपर देखने से नहीं होगा। लेकिन वह कहां सम्भव है?"

आज भी याद है, आदिनाथ की बात सुनकर सुकुमारी उस दिन खूब रोई थी।

"देखो, तुम और किसीके भी सम्बन्ध में जो कुछ चाहे कहो, कुछ भी नहीं कहूंगी, लेकिन कमला दी के सम्बन्ध में कृपया ऐसा न कहो। ऐसी औरतें बहुत कम होती हैं। मेरी मां नहीं हैं, लेकिन यहां आकर मैं उस अभाव को भूल गई हूं। शिखा दी विधवा हैं, इसलिए कमला दी भी मछली नहीं खातीं। चारों ओर इतने सिनेमा-बाइस्कोप हो रहे हैं, सभी तो जाते हैं, लेकिन कमला दी गई हैं कभी! पान, सुपाड़ी, यहां तक कि लवंग भी नहीं खातीं। मिल की साड़ी और फीते-बंधे जूते नहीं पहनतीं। हम सभी ने वेतन बढ़ाने की अर्जी दी, लेकिन कमला दी पांच साल पहले जो वेतन पाती थीं, आज भी उतना ही पाती हैं। कमला दी कहती हैं, 'क्या होगा ज्यादा पैसा लेकर, मेरे तो कोई है नहीं, जिसको देना पड़े। इससे तो अच्छा है कि स्कूल-फंड में ही जमा हो। स्कूल की आय बढ़ने में ही मुझे तो खुशी है।'"

4

लेकिन लौटते-लौटते रात के दस बज गए। काफी दिनों के बाद कलकत्ते जाना, अरसे बाद आदिनाथ का साथ। सिनेमा देखकर और खा-पीकर आने में जरा देरी होना स्वाभाविक ही था।

लौटते समय सुकुमारी ने कहा, "प्रत्येक शनिवार को आना, नहीं आने से सच में मुझे जरा भी अच्छा नहीं लगता है।"

उधर कमला दत्त कह रही थी, "तुम सब लोग खा-पीकर सोने जाओ, मैं बाद में खाऊंगी। सुकुमारी के लिए मुझे तो बैठना ही पड़ेगा।"

मनीषा दी, मीरा दी, ललिता दी, माधुरी, शिखा दी, सभी नौ बजे के बाद खा-पीकर सो गईं।

सुकुमारी के आते ही कमला दत्त ने कहा, "इतनी देर कर अब आना हुआ है तुम्हारा! इस तरह देरी करने से मैं जरूर ही सेक्रेटरी से कह दूंगी। पता

नहीं है कि वे यह सब पसन्द नहीं करते! इसमें संस्था की बदनामी है।"

फिर खाते-खाते पूछा, "अच्छा, इतनी देर तक तुम लोगों ने किया क्या, जरा सुनूं?"

"करते क्या, सिनेमा देखा, चाय पी..."

"इसीमें इतनी देर! अच्छा, तुम लोगों में क्या-क्या बातें हुईं?"

"वही, सब इधर-उधर की, सब याद भी नहीं हैं।"

"आदिनाथ के घरवाले कुछ नहीं कहते?"

"ओ मां, वहां क्या किसीको पता है?"

"कौन-कौन हैं आदिनाथ बाबू के घर?"

"सभी हैं, मां-बाप, भाई-बहन, कौन नहीं है? इसके अलावा हम लोगों की जान-पहचान क्या आज की है? आज दस साल हो गए हम लोगों को मिलते।"

कमला दत्त ने कहा, "यह ठीक है कि तुम लोगों की जान-पहचान दस साल से है, लेकिन अच्छा काम नहीं कर रही हो। यह भी तुम्हें कहे देती हूं। किसी पुरुष के साथ किसी युवती का मिलना उचित नहीं है। इसका परिणाम अच्छा नहीं होता सुकुमारी, यह मेरे से सुन रखो।"

"लेकिन कमला दी, हम लोगों ने तो कोई अनुचित काम नहीं किया!"

कमला दी ने कहा, "लेकिन प्रवृत्ति के विकृत होते कितनी देर लगती है? जो महानन्द लगता है, उसका परिणाम कितना भयंकर है, यह तुम अभी नहीं समझ पाओगी। समझ में नहीं आता, इतने तुच्छ सुख के प्रति तुम लोगों का इतना मोह क्यों है? जीवन नहीं बिता सकतीं क्या? उसी दिन तो पढ़ा था, रवीन्द्रनाथ ने कहा है, बड़े में ही हम लोगों का वास है, यही सत्य स्मरण कराने के लिए तो यह मन्त्र है, ओम् भुर्भुवः स्वः, यह बात भूलकर जब हम लोग सोचते हैं कि तुच्छ और छोटे घर में ही हम लोगों का वास है, तुच्छ सुख ही सुख है, तभी हृदय में तरह-तरह के उपद्रव शुरू होते हैं, जितने सब काम, क्रोध, लोभ, मोह..."

सुकुमारी चुप रही।

कमला दत्त ने कहा, "वे जो प्रायः ही चिट्ठियां आती हैं तुम्हारे नाम से, वे

शायद आदि बाबू की ही लिखी होती हैं?"

"उनकी चिट्ठी न मिलने से मुझे कुछ भी अच्छा नहीं लगता कमला दी!"

कमला दत्त जरा देर चुप रही। फिर बोली, "मैं अगर तुम्हारी मां होती सुकुमारी तो तुम्हें आदिनाथ बाबू के साथ मिलने को जरूर मना करती। खैर, जाने दो, अपना अच्छा-बुरा सोचने की तुम्हारी उम्र हो गई हैं।"

काफी रात हो चुकी थी। उस रात कमला दत्त ने और कुछ नहीं कहा।

काफी दिन बाद ही सुकुमारी ने आदिनाथ को ये सारी बातें बतलाईं। सुकुमारी ने कहा, "पता नहीं क्यों, कमला दी की बातें सुनकर उस रात मन न जाने कैसा कैसा करने लगा। लगता था, जैसे मैं बड़ा अन्याय कर रही हूं। तुमसे इतने दिन से जान-पहचान है, लेकिन पहले तो किसीने इस तरह से नहीं मना किया। मां तो थीं नहीं। मन में हुआ, 'अगर मां होतीं तो सच ही शायद इस तरह तुमसे नहीं मिल पाती। वह भी तो इसी तरह मना करतीं। लेकिन अजीब हैं कमला दी भी! स्कूल और यह संस्था छोड़कर कभी कुछ सोचती ही नही हैं। किसी दिन किसीकी चिट्ठी की प्रतीक्षा में तारे गिन-गिनकर रात का दिन नहीं किया! सोच रही थी, लेकिन कुछ भी ठीक नहीं कर पा रही थी।

"सच, कभी तो सोच-सोचकर हैरान रह जाती। रात-दिन स्कूल और स्कूल! छात्राओं का अच्छा-बुरा, शिक्षा और उत्कर्ष! फाइल और चिट्ठी-पत्री! कमेटी और मीटिंग! सेक्रेटरी और एजुकेशन! थकान भी तो नहीं आती! मन भी तो नहीं ऊबता!"

लेकिन कमला दत्त कहती, "अरे, मैं भी तो आदमी हूं, क्लान्ति आएगी नहीं, तो फिर रात को सोती किसलिए हूं?"

"कब और कितनी देर सोती है, जैसे हम लोगों को पता नहीं है?"

"अच्छी बुद्धू हो! बिना सोए क्या आदमी बचता है?"

"लेकिन हम लोग जब उठते हैं, तब तक आपका आधा काम पूरा हो चुका होता है। कब सोती हैं, कब उठती हैं—कुछ भी तो पता नहीं लगता। कालो की मां कहती है, बड़ी दीदीमनि की दो आंखें और बारह हाथ हैं, शायद

उसका कहना झूठ नहीं है।"

"अगर दो आंखें और बारह हाथ होते तो लोग राक्षसी कहते।" कमला दत्त ने कहा, "काली की मां की बात छोड़ो। फिर भी इतना काम करके भी तो रोज सेक्रेटरी से डांट खानी पड़ती है।"

"क्यों?"

"मेरे अगर दो आंखें और बारह हाथ हैं तो उनके चौबीस हाथ और बारह आंखें हैं। इतना कर्मठ आदमी और नहीं देखा भाई। मैं अगर वैसी हो पाती! उसी दिन की तो बात है, सेक्रेटरी कह रहे थे, 'उम्र के साथ-साथ आजकल काम में भी तुम ढील डाल रही हो कमला!' "

कमला को वह दिन आज भी याद है। हमेशा की तरह आज भी वह स्कूल की रिपोर्ट देने गई थी।

सेक्रेटरी ने फाइल देखते-देखते कहा, "इस बार रिजल्ट इतना खराब क्यों हुआ है?"

कमला दत्त ने कहा, "हां, गणित में इस बार काफी लड़कियां फेल हुई हैं।"

"गणित कौन पढ़ाता है?"

"मनीषा सेन। अपने यहां की काफी पुरानी अध्यापिका हैं।"

"लेकिन वेतन बढ़ाने के लिए तो उस दिन इन्हीं लोगों ने दरख्वास्त दी थी। इन लोगों की अगर काम करने की इच्छा न हो तो हम जबरदस्ती उन्हें रोककर नहीं रखना चाहते, यह क्या तुम उन लोगों को समझा नहीं सकती हो?"

बिना कुछ उत्तर दिए कमला चुपचाप बैठी रही।

सेक्रेटरी ने फिर कहा, "उस दिन देखा, वे लोग रास्ते पर घूमने निकली थीं। मैंने बार-बार कह दिया है कि जितने दिन वे लोग हमारे स्कूल में रहेंगी, हमारे स्कूल के नियम-कानून मानकर चलना होगा। यह सिर्फ स्कूल ही तो नहीं। इसको आश्रम समझना होगा, और इस काम को भी नौकरी नहीं मानना होगा। इस तरह अगर काम कर सको तो रहो, नहीं तो कहो, मैं यह स्कूल बन्द कर दूं।"

कमला दत्त का शरीर थर-थर कांपने लगा। स्कूल उठा देने में सेक्रेटरी का क्या आता-जाता है, लेकिन कमला दत्त! उसके लिए भी क्या यह स्कूल कर्मस्थल है, जिससे सिर्फ वेतन का सम्पर्क हो? आज अगर सेक्रेटरी वेतन

न दें, तब भी तो यहीं रहना होगा। सेक्रेटरी से उसे डर भी लगता है, लेकिन एक दिन भी उनके पास आए बिना जैसे शान्ति नहीं मिलती। लगता है, जैसे सेक्रेटरी की आंखों में कोई जादू है। सेक्रेटरी ने उसे किसी दुर्भेद्य जाल में चारों ओर से जकड़ रखा है, और कमला दत्त को जैसे उसका अभ्यास पड़ गया हो। दुःसाध्य बन्धन में ही जैसे उसके लिए परम तृप्ति थी। कष्टप्रद होने पर भी वह इन बन्धनों को काट नहीं पाएगी। सेक्रेटरी अगर आज उसे इस स्कूल की जिम्मेदारी से मुक्ति दे भी दें, तो कमला दत्त की जाने की भी जैसे हिम्मत नहीं है। जैसे वह एकदम असहाय, निःसम्बल हो। इतने दिन तक सेक्रेटरी के सघन आश्रय में रहकर भी कमला दत्त जैसे निराश्रय थी।

आह्लादी मासी मां किसी-किसी दिन कहतीं, "धन्य है बेटी तू!"

कमला दत्त पूछती, "धन्य होने क्यों जाऊं मासी मां?"

"उस दिन अपना जमाई, अरे वही पूटी का दूल्हा कह रहा था, ऐसी औरतें लाखों में एक भी मुश्किल से मिलती हैं। स्कूल की लड़कियों को वह कितना चाहती हैं!'"

"मासी मां, इतनी प्रशंसा मत कीजिए, नहीं तो आदत खराब हो जाएगी।"

आह्लदी मासी मां ने कहा, "नहीं री, कोई मजाक थोड़े ही कर रही हूं! मैंने तो कह दिया था, 'कमला बेटी को तो छुटपन से ही पढ़ने-लिखने का ऐसा ही शौक है। मैं तो देखती रही हूं न, मेरे पेट के लड़के-लड़कियों के साथ ही तो बड़ी हुई है, लेकिन मेरे बच्चों को पता भी नहीं है कि पढ़ाई-लिखाई आखिर है क्या बला!'"

सच में कमला दत्त को जैसे नशा था। सिर्फ पढ़ाई-लिखाई में ही नशा हो, यह बात नहीं है, स्कूल के ऊपर भी नहीं है, काम में भी नहीं। नशा है और ही एक चीज के ऊपर।

"याद है," मनीषा सेन ने एक दिन सुकुमारी से कहा था, "जानती हो न भाई, इस स्कूल के लिए कमला दी हैं और कमला दी के लिए यह स्कूल। सेक्रेटरी भी कभी कमला दी को नहीं छोड़ेंगे और कमला दी भी सेक्रेटरी को छोड़ अन्य कहीं नहीं जा पाएंगी।"

उस दिन सुकुमारी इस बात का मतलब नहीं समझ पाई थी।

कितनी बार कितनी अच्छी-अच्छी जगह से कमला दत्त की मांग आई थी। चन्द्रनगर कृष्णभामिनी नारी मन्दिर वालों ने बुलाया था। महिला शिक्षा सदन चूंचड़ा से बुलावा आया। काफी प्रलोभन भी दिखलाए। चन्द्रनगर में बड़े-बड़े लोगों के घर थे। गोन्दलपाड़ा की लड़कियों के लिए नया स्कूल बना। पालपाड़ा और बीबी के बाजार में भी स्कूल खुले। इतना ही नहीं, कलकत्ते से भी तो कितनी बार बुलाया गया। उन्हीं सेक्रेटरी के मित्र रायबहादुर हरनाथ सेन, उन्होंने भी कितना अनुरोध किया!

शुरू-शुरू में यही माधुरी, मनीषा सभी कहतीं, “जाइए न कमला दी, कलकत्ते जाकर वेतन काफी बढ़ जाएगा।”

इस पर कमला दी कहती, “वेतन चाहने पर क्या यहीं नहीं बढ़ जाएगा?”

सरला ने कहा था, “आप भी क्या हैं, हम लोगों को अगर ऐसा अवसर मिलता! हमसे तो कोई कहता ही नहीं।”

सुकुमारी उस समय आई नहीं थी।

उसने पूछा, “इस विषय को लेकर सेक्रेटरी कभी कुछ नहीं कहते क्या?”

कमला दत्त ने जवाब दिया, “हां, सेक्रेटरी से मैं यही सब कहने जाऊंगी न? हां, तुमने भी खूब कहा सुकुमारी! तुम लोग तो डर के मारे उनके सामने बोल भी नहीं पातीं। इतने दिन से उनके यहां जा रही हूं, इसके अलावा मैं तो एक तरह से उन्हीं के यहां पली हूं, लेकिन फिर भी उनके सामने जाते जैसे मेरे पांव कांपते हैं। घर के बच्चे भी उनके सामने नहीं पड़ते, मेरी तो बात ही जाने दो।” फिर जरा रुककर कहती, “लेकिन जानती हो, अन्दर ही अन्दर उनमें काफी दया-माया है।”

“चेहरा देखकर तो लगता नहीं।” सुकुमारी कहती।

“लेकिन चेहरा भी क्या है—शुद्ध ‘एरियन’। चौड़े-चौड़े पंजे, लगता है, इन हाथों से पकड़ ले तो एकदम भुरता हो जाएगा, लेकिन उस कठोर चेहरे में वह नर्म हृदय कहां छिपा है, बाहर से समझ पाना मुश्किल है।

रिपोर्ट देने रोज ही उनके पास जाना पड़ता है, लेकिन दो दिन के लिए भी वह कहीं जातें हैं, तो न जाने कैसा खाली-खाली-सा लगने लगता है। मन में होता है कि इतना भार शायद अब और नहीं संभाल पाऊंगी। जब लौटकर आते हैं और मैं सामने जाकर खड़ी होती हूं, तो जैसे मन फिर हलका हो जाता है; लेकिन सुनकर शायद तुमको विश्वास नहीं होगा, आज तक उन्होंने मुझसे कभी सीधे मुंह बात नहीं की है। उनसे प्रशंसा मिली हो, ऐसा एक दिन भी याद नहीं आता।"

सच में कितनी ही बार सेक्रेटरी के यहां से निकलकर कमला दत्त बन्द गाड़ी में खूब रोई है। बाहर का कोई आदमी इस बात को नहीं जानता। स्कूल के लिए यह जो जी तोड़ परिश्रम है, उसके लिए बाहर जितनी ही ख्याति क्यों न मिली हो उसको, एक कण भी तो उससे नहीं मिलता है।

बल्कि कभी-कभी तो कहते हैं, "तुमसे यहां का काम नहीं होने का, तुम नौकरी छोड़ दो न!"

छोटी लड़की मीनू भागती-भागती आकर कहती है, "मां, बाबा हैं न, कमला दी को खूब डांट रहे हैं।"

आह्लादी मासी मां नौ बजे तक पड़ी-पड़ी अंगड़ाई ले रही थीं। बोलीं, "तुझे इन सब बातों में कान देने की क्या जरूरत री मुंह-जली!"

"सच मां, मैंने देखा है, कमला दी रो रही थीं।"

दो दिन बाद मिलने पर मासी मां पूछतीं, "वह, शायद उस दिन काफी नाराज हुए थे, इसीलिए कई दिनों से नहीं आई? मीनू कह रही थी।"

सुनकर पहले तो एकदम से स्तब्ध-सी रह गई कमला। फिर जरा संभलकर बोली, "हां, लेकिन वह तो बड़े हैं। मेरे अच्छे के लिए ही तो कहते हैं। जरा भी बुरा नहीं लगता।"

"सच, तुम्हारे अच्छे के लिए ही कहते हैं। तुम्हारे लिए ही तो स्कूल खुला, तुम पढ़ोगी। लिख-पढ़कर बड़ी होगी, इसीलिए स्कूल बड़ा किया गया है। और अब तुम्हारा ही नाम करने के लिए स्कूल कॉलेज हो रहा है।"

"यह क्या मैं जानती नहीं मासी मां?"

सोने से पहले उस दिन कमला दत्त ने सुकुमारी से कहा, "इतना कहा,

शायद काफी गुस्सा हो गई होगी?"

"लेकिन और किसी से मत कहना कमला दी!"

"किससे कहने जाऊंगी, मेरे पास इतना समय ही कहां है भाई! मेरी क्या इच्छा नहीं होती! मेरा भी मन करता है कि सिनेमा जाऊं, अच्छी-अच्छी साड़ी और गहना पहनूं। बाघ-निसुन्दिपुर में बड़ी होने पर मैं भी शायद यही करती, लेकिन यहां सेक्रेटरी के पास रहकर उस सबकी ओर मन ही नहीं करता। लगता है, वह सब दो दिन का है। उससे आंखों को भले ही थोड़ा आराम मिले, लेकिन हृदय को शांति नहीं मिलती। गीता में लिखा है—'सर्व धर्म परित्यज्य मामेकं शरणं व्रज'—यही जो लड़कियों की सेवा करने का काम लिया है, उसीमें जीवन बिता पाऊं तो अपने को धन्य मानूंगी।

"जीवन में मुझे और कुछ नहीं चाहिए।"

पूछा, "फिर?"

आदिनाथ ने कहा, "इसके बाद अगले शनिवार को भी गया। फिर उसी तरह स्टेशन से निकलकर घोड़ागाड़ी ठीक करके हुगली गर्ल्स स्कूल पहुंचा।"

उस दिन भी ठीक उसी तरह कमला दत्त काम में मग्न थीं। माथे पर पसीना झलक आया था। सफेद साड़ी से अच्छी तरह शरीर ढके थीं। एक कलम लिए न जाने क्या लिख रही थीं कमला दत्त।

आदिनाथ को देखकर बोलीं, "अरे नमस्कार, बैठिए!"

फिर जरा रुककर पूछा, "सुकुमारी क्या आज भी आपके साथ घूमने जाएगी?"

"बात तो ऐसी ही है। सुकुमारी ने मुझे चिट्ठी लिखी थी।"

"चिट्ठी लिखी!"

कैसा एक आश्चर्य का-सा भाव छा गया कमला दत्त के चेहरे पर—अचानक जैसे कोई आशा टूट गई हो; लेकिन तभी अपने को सम्भाल लिया, बोली, "अभी बुलाए देती हूं।"

पहले की ही तरह नौकरानी ने आकर खबर दी। सुकुमारी शायद तैयार ही थी। सजी-धजी एक मिनट में आई। आते ही बोली, "अच्छा तो कमला दी..."

बाहर जाते-जाते एकदम रुककर सुकुमारी ने कहा, "आज मैं जल्दी ही लौट आऊंगी कमला दी! उस दिन की तरह देर नहीं होगी।"

कमला दत्त ने उसी तरह सिर नीचे किए काम करते-करते कहा "जल्दी करने की कोई जरूरत नहीं है। जब तुम्हारी खुशी हो आना।"

गाड़ी के जंगले और दरवाजा बन्द कर आदिनाथ ने पूछा, "कमला दी शायद नाराज हैं तुम्हारे ऊपर?"

सुकुमारी जरा गम्भीर थी। बोली, "हां, शायद नाराज ही हैं।"

"क्यों, बात क्या हुई? तुमने ऐसा क्या कर दिया?"

"मेरे अच्छे के लिए ही तो कहती हैं।"

लेकिन आदिनाथ की समझ में कुछ नहीं आया।

कुछ ही देर बाद सुकुमारी खुद ही बोल उठी, "तुम्हारे साथ यह जो शनिवार के शनिवार घूमने जाती हूं, यह कमला दी को पसन्द नहीं है। कहती हैं, इस तरह से मिलना-जुलना अच्छी बात नहीं है।"

"अच्छा नहीं है! तो तुमने क्या कहा?"

"मेरी मां होतीं तो शायद वह भी इसी तरह मना करतीं। वास्तव में कमला दी ने ठीक ही तो कहा है। हालांकि हमारी जान-पहचान दस साल से है, लेकिन कमला दी कैसे समझ पाएंगी! उनका मन तो कहीं अटका नहीं है। जीवन में एक सिनेमा तक नहीं देखा। स्कूल को छोड़कर उनका और कोई स्वप्न भी नहीं है। और तो और, यहीं बैंडिल में उन्हें कितने साल हो गए! सुना है, यहां कई देखने और घूमने की जगहें हैं। गंगा के किनारे पोर्तुगीज चर्च, जुबली ब्रिज। हम लोग तो अभी हाल में नये आए हैं, लेकिन कमला दी ने इनमें से कुछ भी नहीं देखा है। सिर्फ काम और काम, बन्द गाड़ी में फाइल लेकर सेक्रेटरी के यहां जाना, फिर स्कूल आकर दफ्तर में बैठकर काम करना, सच अजीब हैं?"

रेस्टोरेण्ट में चाय पीते-पीते सुकुमारी ने कहा, "इस समय कमला दी शायद पूजा करने बैठी होंगी।"

"तुम क्या अभी तक कमला दी के बारे में ही सोच रही थीं।"

"नहीं, तुम्हें मालूम नहीं है, कमला दी मुझे कितना चाहती हैं! किस बात में मेरी अच्छाई है, सिर्फ यही सोचती हैं। मेरी तरह उनकी भी मां नहीं हैं, दूसरे

के यहां जो पली हैं।"

फिर चाय की एक चुस्की लेकर बोली, "कमला दी तुम्हारे बारे में पूछती हैं। तुम्हारे चेहरे की खूब तारीफ करती हैं।"

"ऐसा!"

"तुमने कितनी पढ़ाई की है, क्या करते हो, तुम्हें क्या खाना पसन्द है। मैं जब तुम्हारे बारे में कहती हूं तो कमला दी ध्यान से सुनती हैं, लेकिन कहती हैं—तुम काम ठीक नहीं कर रही हो सुकुमारी! इस तरह मिलना-जुलना बन्द कर दो। इसमें मंगल नहीं है, कल्याण नहीं है।"

लौटते समय बैंडिल स्टेशन पहुंचकर आदिनाथ ने पूछा, "तब अगले शनिवार नहीं आऊंगा।"

"ओ मां, क्यों?"

"तुम्हारी कमला दी जो पसन्द नहीं करती हैं।"

"नहीं-नहीं, मेरे सिर की कसम, तुम जरूर आओगे। नहीं तो मैं माथा कूटकर मर जाऊंगी।"

उस दिन भी बरामदे में रोशनी किए कमला दी एक किताब पढ़ रही थीं, शेष सभी सो चुके थे।

सुकुमारी झटपट पहुंचकर बोली, "कमला दी, नाराज तो नहीं हो गईं? आज भी ट्रेन के कारण देरी हो गई। मेरी जरा भी गलती नहीं है।"

कमला दी ने पूछा, "आज भी खाकर आई हो न?"

"नहीं, आज सिर्फ चाय पी। उन्होंने खिलाना चाहा, लेकिन तुम नाराज होगी, सोचकर मैंने कुछ नहीं खाया।"

"और क्या किया? कहां-कहां गईं?"

"जाऊंगी कहां, सिनेमा गई, हमेशा की तरह और बातचीत।"

"तुम लोगों में ऐसी क्या बातें होती हैं, जिनके बिना तुमसे रहा नहीं जाता?"

जरा रुककर खाते-खाते कमला दी ने कहा, "तुम्हें सावधान करना मेरा काम है सुकुमारी! मैं स्कूल की हेड मिस्ट्रेस हूं। तुम लोगों की अच्छाई-बुराई का भार मेरे ऊपर है। तुम लोगों के बीमार होने पर जिस तरह मुझे देखना

पड़ता है—इस बारे में भी ठीक उसी तरह। इस स्कूल को अगर आश्रम मानती हो, तो यहां कोई भी अनाचार मत करो। तुम्हें भी मैं सावधान किए देती हूं। यह अच्छी बात नहीं है, इससे तुम्हारा भला नहीं होगा। तुम इतना जरा-सा संयम भी नहीं कर सकती हो! तब बड़े-बड़े काम करने की शक्ति तुम लोगों में कहां से आएगी?"

लेकिन अगले शनिवार को सुकुमारी भी अवाक् हो गई।

मनीषा सेन ने पूछा, "आज शायद आप कहीं जाएंगी कमला दी!"

माधुरी ने कहा, "इस साड़ी को पहनकर सचमुच कितनी अच्छी लगती हैं आप!"

ललिता दी ने कहा, "इसी तरह रोज क्यों नहीं पहनतीं? यही तो अच्छा लगता है।"

लेकिन कमला दी कुछ भी नहीं समझ पाई, बोली, "क्यों, ऐसी कौन-सी बहुत अच्छी साड़ी पहने हूं? किनारा ही तो जरा चौड़ा है। अगर तुम लोगों को यही पसन्द है, तो ठीक है, यही पहना करूंगी।"

ठीक समय पर आदिनाथ आया। कमला दत्त उस दिन भी हमेशा की तरह काम कर रही थी। पिछले दिन क्या कुछ बाकी भी पड़ा था। सेक्रेटरी ने डांटा भी खूब था। काफी दिन से प्रश्न-पत्रों के लिए तकादा कर रहे थे। कल बरस पड़े। जो मन में आया, सो कहा। कहा, 'दिन पर दिन आखिर यह हो क्या रहा है? पहले तो इस तरह काम नहीं पड़ा रहता था।'"

कमला भी हमेशा जिस तरह सिर नीचा किए बैठी रहती, उस दिन भी बैठी रही।

"नहीं तो कुछ दिन की छुट्टी ही ले लो।"

कमला दत्त को लगा कि शायद चाबुक मारने से भी उसे इतना आघात नहीं पहुंचता।

सेक्रेटरी ने कहा, "छुट्टी भी नहीं लोगी, काम भी पड़ा छोड़ोगी, इस तरह कैसे चलेगा? तुम्हारा तो चारों ओर काफी नाम है। दूसरे स्कूल में तुम्हें लोग सिर-आंखों पर लेकर रखेंगे। जाओ, वहीं जाओ। मुझे तुम्हारी जरूरत

नहीं है।"

सिर्फ चाबुक ही नहीं, इस बार तो लगा, जैसे सेक्रेटरी उसे चारों ओर से सांप की तरह जकड़कर डस रहे हैं, लेकिन कमला दत्त को जैसे ये डंक नहीं, आशीर्वाद लग रहे थे। विष भी जैसे उसके लिए अमृत हो गया था। सेक्रेटरी से डांट खाना भी उसे इतना अच्छा नहीं लगता...

"अच्छी हैं?"

अचानक सामने आदिनाथ को देककर जैसे कमला दत्त के चेहरे पर लाली दौड़ गई। पूछा, "ओह, आप! बैठिए, बुलवाए देती हूं।"

पता नहीं क्यों, उस दिन सुकुमारी को हमेशा से जरा अधिक देर लगी। कमला दत्त ने काम करते-करते कहा, "आज आप लोग किस ओर घूमने जाएंगे?"

इस प्रश्न के लिए आदिनाथ तैयार नहीं था। सुनकर एक क्षण को अवाक् हो गया। फिर अपने को सम्भालकर बोला, "ट्रेन में चढ़कर साधारणतः हम लोग कलकत्ता ही तो जाते हैं।"

"और सिनेमा नहीं जाते न?"

आदिनाथ मुस्कराया, "शायद सुकुमारी ने कहा है सब!"

तभी आदिनाथ को जैसे कुछ याद आया। अचानक बोला, "लेकिन आपने तो उसे मेरे साथ घूमने को मना किया है!"

कमला दत्त की आंख-कान-चेहरा जैसे फिर लाल हो उठा। शायद कुछ कहने भी जा रही थी कि सुकुमारी फटफट करती आ गई और बात मुंह में ही रह गई।

आते ही बोली, "अच्छा तो कमला दी, चलूं!"

कितने दिन पहले आदिनाथ से यह कहानी सुनी थी और अब कितने दिन बाद मैं इसे लिख रहा हूं। उस दिन आदिनाथ सारी घटनाएं ठीक से कह भी नहीं पाया था।

उसने कहा भी था, "आज मुझे सारी घटनाएं क्रम से याद भी नहीं हैं। इसके अलावा अब उम्र भी काफी हो गई है। उस दिन जो सोचा, अनुभव किया, वह भावना और...और अनुभूति सब खत्म हो चुकी है।"

फिर भी उल्लेख-योग्य घटना इसके बाद की है।

स्कूल में ग्रीष्मावकाश हुआ। लम्बी छुट्टी। सुकुमारी ने लिखा था, "आने वाले शनिवार को जरूर आना। मैं सूटकेस और बिस्तर के साथ तैयार रहूंगी।"

हर साल इस समय सारी व्यस्तता जैसे समाप्त हो जाती है। मनीषा सेन अपने घर जाएंगी, शिखा दी नागपुर, माधुरी दी अपनी काकी के पास जाएंगी, उनके पिता नहीं हैं, और ललिता सान्याल जाएगी तेजपुर। वहां उसका अपना घर है।

कमला दी ने कहा, "तुम सब जा रही हो, अगर समय मिले तो चिट्ठी लिखना।"

सुकुमारी ने पूछा, "तुम कहीं क्यों नहीं जातीं कमला दी!"

"मेरे जाने पर स्कूल की देख-रेख कौन करेगा?"

"क्यों? दरबान, नौकर सभी तो हैं। इसके अलावा सेक्रेटरी का घर भी तो पास ही है। वही देखेंगे कुछ दिन। चलोगी मेरे मामा के यहां?"

"चल पगली, मुझे यह स्कूल छोड़कर स्वर्ग में भी सुख नहीं मिलेगा। तुम लोग चाहे जो कहो, सेक्रेटरी अगर निकाल भी दें तो भी मुझे यहीं रहना होगा। यहीं मरने में मुझे सुख है।"

हर एक कक्षा में जाकर कमला दत्त लड़कियों को विदा कर आई।

कहा, "छुट्टी के दिनों को तुम लोग खराब मत करना। छुट्टी है, इसलिए आलस्य में नष्ट मत करना। स्वामी विवेकानन्द की बात याद रखना। उन्होंने कहा है, 'शिक्षा के मतलब केवल कुछ शब्द रट लेना ही नहीं है। हृदय और मानसिक शक्तियों का प्राकृत विकास ही वास्तविक शिक्षा है।' इस तरह की शिक्षा पाकर एक दिन तुममें से ही संघमित्रा, लीलावती, अहल्याबाई, मीराबाई के समान महान् रमणियों का आविर्भाव होगा; तभी देश का कल्याण होगा और होगा भारतवर्ष का नाम उज्ज्वल।"

सुकुमारी भी एक दिन आदिनाथ के साथ चली गई।

कमला दत्त ने पूछा, "अब तो आपकी भी कुछ दिन छुट्टी। काफी दिन इस ओर आना नहीं होगा।" सामान दरवाजे के पास रखा था। सुकुमारी अभी भी नहीं आई थी।

आदिनाथ ने सिर्फ इतना ही पूछा, "आप कहीं नहीं जाएंगी?"

कमला दत्त ने सिर नीचा किए कहा, "मैं स्कूल छोड़कर कहीं नहीं जाऊंगी। मेरी छुट्टी नहीं है।"

इसके बाद एक-एक कर सभी चले गए। रह गई चारों ओर फैली चिलचिलाती धूप और लम्बी दुपहर। कभी-कभी गंगा की ओर से हवा शांति को भंग करने आती। जंगले-दरवाजों में लगे पर्दों से होती वह हवा कमरों में जरा देर हू-हू करके जैसे किसीको खोजती, फिर न पाकर लौट जाती। कमला दत्त शायद उस समय या तो अपना ब्लाउज सी रही होती अथवा भीगे कपड़े धूप में सूखने डालती होती। कभी-कभी बगीचे में यों ही आ खड़ी होती। एक कौआ मुंह-पैर में गन्दगी लिए बरांडे की रेलिंग पर बैठने जा रहा था कि हाथ उठाकर कमला दत्त ने उड़ा दिया। मनही-मन कहा, 'केवल गन्दगी फैलाना, इस बार वर्षा के बाद पूजा की छुट्टियों में रंगाई करानी होगी।' इसी तरह कितने ही विचार, कितनी ही कल्पनाएं कमला दत्त के मन में आतीं। शाम को फिर एक बार अपने दफ्तर में आकर बैठती। सुबह-शाम एक बार दफ्तर में बैठे बिना जैसे दिन बेकार लगता। मन में होता, जैसे वह सेक्रेटरी के विश्वास का अपमान कर रही है।

इसके बाद किसी-न-किसी काम के बहाने सेक्रेटरी के घर जाती। सेक्रेटरी कहते, "बैठो।" फिर हाथ का काम समाप्त कर कहते, "यह देखो यूनिवर्सिटी से चिट्ठी आई है।" कमला दत्त मनोयोग से चिट्ठी की हर पंक्ति पढ़ती।

"पढ़ी?"

"हां।"

"इसलिए छुट्टी के बाद ही ए० आर० पी० की कक्षा प्रारम्भ करनी होगी। सप्ताह में एक दिन। शनिवार ही ठीक रहेगा। सबसे कह देना शनिवार को जिससे कोई भी अध्यापिका बाहर न जाए। ए० आर० पी० कक्षा अनिवार्य है।"

अन्दर जाने पर आह्लादी मासी मां पूछतीं, "आज तुम लोगों के यहां क्या खाना बना?"

इसके बाद गाड़ी में बैठकर फिर स्कूल, पूजा, फिर पढ़ाई। एक विषय में तो एम० ए० कर लिया है। इतिहास में दे या नहीं, सोचती। इसके बाद सारे

दरवाजे-खिड़कियां और ताले बन्द हुए या नहीं, देखकर धीरे-धीरे अपने कमरे में चली जाती।

रोज इसी तरह चलता।

लेकिन पहले शनिवार यों ही गड़बड़ हो गई।

दफ्तर में बैठी जरा काम-काज देख रही थी कि अचानक सामने जैसे भूत देख लिया।

"नमस्कार"

"यह क्या, आप!" कमला दत्त वास्तव में हैरान हो गई। फिर बोली, "सुकुमारी तो कलकत्ते में ही है।"

"इस ओर से जा रहा था, अचानक ध्यान आया कि..." आदिनाथ ने जैसे कैफियत देते हुए कहा।

"हम लोगों का ग्रीष्मावकाश चल रहा है, शायद ध्यान नहीं था?"

"ध्यान आया कि आप यहीं रहेंगी।"

"हां, मैं तो हमेशा छुट्टियों में यहीं रहती हूं।"

"एकदम खाली-खाली लग रहा है न?"

"अब तो आदत पड़ गई है। इसके अलावा मेरे लिए जाने की भी तो और कोई जगह नहीं है।"

आदिनाथ समझ नहीं पा रहा था कि इसके बाद क्या कहे।

कमला दत्त ने ही निस्तब्धता भंग की, "सुकुमारी कैसी है?

"ठीक ही है। अब तो उसके साथ ज्यादा मुलाकात हो नहीं पाती।"

"क्यों?"

आदिनाथ ने कहा, "हम लोगों का मिलना-जुलना खुलकर तो है नहीं। इसके अलावा मामा के यहां उसे गृहस्थी के काम में लगा रहना पड़ता है। फुरसत ही नहीं मिलती। स्कूल खुलने पर ही फिर हर शनिवार को मिलना होगा।"

इसके बाद फिर कोई बात नहीं हुई। काफी देर तक चुप बैठे-बैठे कमला दत्त अस्थिर हो उठी। आदिनाथ को भी ऐसा ही लग रहा था। अन्त में बोला, "अब मैं चलूंगा।"

"यह कैसे! इतनी दूर से आए..." फिर जरा देर रुककर कहा,

"थोड़ी देर ठहरिए। कालो की मां से कहकर आपके लिए कुछ जलपान मंगवाऊं।"

"नहीं-नहीं, मेरी गाड़ी खड़ी है। डेढ़ बजे की ट्रेन से ही मुझे लौटना हैं।"

कहकर सचमुच उसने दरवाजे की ओर पांव बढ़ा दिए, लेकिन मन में हो रहा था—जाते समय कम-से-कम एक बार फिर से आने को कहतीं तो शायद अच्छा होता।

कमला दत्त ने कहा, "जब आए ही हैं तो जरा देर बैठकर जाइए।"

"यहां आऊंगा, यह सोचकर तो चला नहीं था। अचानक आपकी बात याद आ गई, इसीसे..."

कमला दत्त क्या कहे, कुछ ठीक नहीं कर पा रही थी।

आदिनाथ बाहर निकलकर खड़ा हो गया। लेकिन यह क्या! कमला दत्त एक बार फिर से आने को भी नहीं कह रही हैं! गाड़ी में चढ़ने की जैसे इच्छा नहीं हो रही थी। दरवाजा खोलने में बेकार ही देर लगाई। धीरे-धीरे गाड़ी के पांवदान पर एक पांव रखा। तब भी कमला दत्त वैसे ही दरवाजे पर खड़ी थीं। चेहरे पर या आंखों में, कहीं भी निमन्त्रण के अनुरोध का जरा भी भाव नहीं।

गाड़ी चलने को थी। साईस ने लगाम में झटका लगा दिया था। तभी अचानक कमला दत्त ने क्षीण कण्ठ से कहा, "मुझसे काफी अन्याय हुआ..."

आदिनाथ ने इशारे से गाड़ी रोकने को कहा। फिर पूछा, "किस अन्याय की बात कर रही हैं?"

"आप इतनी दूर से आए, पानी तक को नहीं पूछा। मुझसे बहुत बड़ी भूल हो गई।"

आदिनाथ ने कहा, "उससे क्या हुआ! यह तो आपका अपना घर नहीं है। आपके घर आकर पेट-भर मिठाई खाऊंगा।"

इसके बाद आदिनाथ साईस को चलने के लिए कह ही रहा था कि कमला दत्त ने एक अजीब सवाल कर डाला, "सुकुमारी जानती है कि आप यहां आएंगे?"

"कौन...सुकुमारी?" आदिनाथ ने हंसकर कहा, "मैं क्या खुद ही

जानता था कि यहां आऊंगा? न यही सोचा था कि आप मेरे साथ उतना मधुर व्यवहार करेंगी।"

'मधुर व्यवहार!' बात जैसे खट से कमला दत्त के कान में बज उठी, लेकिन उसके मुंह से एक शब्द भी नहीं निकला।

तभी आदिनाथ ने जैसे मरे मुर्दे पर तलवार चलाई, "आप ही ने तो एक दिन सुकुमारी को मेरे साथ मिलने के लिए मना किया था न, इसी से कहा।" कमला दत्त के पास इस बात का भी कोई जवाब नहीं था। आदिनाथ की ओर देखती वह वैसे ही खड़ी रही।

"अच्छा, तो अब चलूं मैं, ट्रेन का समय हो गया है।" कहकर साईस को चलने का इशारा किया।

कमला दत्त लेकिन अभी वैसे ही निःशब्द खड़ी थी।

गाड़ी में से सिर बाहर निकालकर आदिनाथ ने जोर से कहा, "फिर किसी दिन आऊंगा, नमस्कार!"

'किसी दिन' अगले शनिवार को ही होगा, यह तो कमला दत्त ने कभी सोचा भी न था।

कमरे में आकर हठात् कालो की मां ने कहा, "बड़ी दीदीमनि, वही उस दिन वाले बाबू आए हैं।"

"क्या कहा?"

"अरे, उस दिन जो बाबू आए थे न, वही!"

भीगे बालों को फटकारती कमला दत्त ने कहा, "तू जाकर दफ्तर का दरवाजा खोल, मैं अभी आ रही हूं।"

फिर जरा रुककर कहा, "और देख।"

कालो की मां लौटी।

"दुकान से एक रुपये की मिठाई तो ले आ। मैं साड़ी बदलकर अभी आई। बैठने को कह।"

अच्छी तरह से काफी सम्भालकर साड़ी पहन कमला दत्त दफ्तर में आकर खड़ी हुई।

आदिनाथ ने उठकर नमस्कार करते हुए कहा, "आपसे कहा था कि आऊंगा, देखिए बात रखी न!"

कमला दत्त क्या उत्तर दे, सोच नहीं पा रही थी। पुरुषों के साथ ज्यादा मिलना तो होता नहीं। खासकर इस तरह के पुरुषों से। स्कूल-कमेटी में जो लोग हैं, उनसे जरूर मिलना पड़ता है। ब्राह्म सरल बाबू, तारक बाबू, ललित बाबू सभी प्रायः वृद्ध हैं। इसपर भी उन लोगों से बातचीत का विषय अलग ही होता है। फिर वहां पर वह बोलती ही कितना है! जो कुछ कहना होता है, अधिकतर सेक्रेटरी ही कहते हैं। वह अकेले ही एक सौ के बराबर हैं। और यह आदिनाथ, वैसे इसके बारे में भी सुकुमारी से उन्होंने काफी सुना है।

आदिनाथ ने ही शुरू किया, "उस दिन आपकी बात न मानने का फल साथ-ही-साथ मिल गया, पता है?"

कमला दत्त ने न समझते हुए कहा, "कौन-सी बात?"

"वही, आपने कुछ जलपान करने को कहा था न, और मैंने सुना नहीं, आपकी बात न मानने का फल मिलने में आधा घण्टा भी नहीं लगा।"

"कैसे?"

आदिनाथ ने कहा, "ट्रेन में चढ़ा, सात बजे से पहले घर पहुंचना था। अचानक थोड़ी दूर जाकर ट्रेन जो रुकी, बस चलने का नाम ही नहीं। पता लगा, रास्ते में कहीं एक मालगाड़ी के इन्जन के पटरी से उतर जाने से रास्ता बन्द हो गया है। गाड़ी और आगे नहीं बढ़ेगी, त्रिशंकु की तरह वहीं लटका रहा।"

कमला दत्त ने आंखें चढ़ाकर पूछा, "फिर?"

"फिर क्या, न एक कप चाय, न एक सिगरेट—पक्के साढ़े सात घण्टे वहां पड़े रहने के बाद जब घर पहुंचा तो बारह बज चुके थे—घड़ी और शरीर दोनों के ही।"

कमला दत्त सहानुभूति से जैसे भर उठी, "राम-राम, आपको कितनी तकलीफ उठानी पड़ी!"

आदिनाथ ने कहा, "लेकिन आज यहां से बिना मुंह मीठा किए उठने वाला नहीं हूं। आज भी अगर कहीं ट्रेन अटक गई, तो बड़ी गड़बड़ होगी। संध्या से पहले मुझे कलकत्ते पहुंचना ही होगा।"

"फिर आते ही जाने की बात, पहले जरा आराम तो कीजिए।"

"आपकी दया है। आपकी तो छुट्टियां हैं, लेकिन काम पड़ा रहने पर मैं अड्डेबाजी नहीं कर पाता।"

"सुकुमारी कहती थी, आप बड़े कर्मठ आदमी हैं। काम होने पर उससे मिलना भी भूल जाते हैं।"

तभी कालो की मां मिठाई ले आई।

"आप क्या कम कर्मठ हैं!" आदिनाथ ने एक पूरी मिठाई मुंह में भरते हुए कहा, "आपके बारे में भी सब बतलाया है सुकुमारी ने।"

कमला दत्त ने कहा, "कर्मठ न धूल! सुकुमारी मुझसे स्नेह करती है, इसीलिए बढ़ा-चढ़ाकर कहती होगी।"

आदिनाथ ने कहा, "सच कहता हूं, सुकुमारी आपकी बड़ी तारीफ करती है, कमला दी और कमला दी। उसके मुंह से मैंने इतनी बड़ाई और किसीकी भी नहीं सुनी।"

"वह तो इसी तरह मुझसे आपकी भी तारीफ करती है।"

आदिनाथ ठहाका लगाकर हंस पड़ा। बोला, "वह तो मैं पुरुष हूं, इसलिए; लेकिन एक महिला दूसरी महिला की प्रशंसा करे, ऐसी बात तो संसार में बहुत कम देखने में आती है। असल में उससे इतनी तारीफ सुनकर ही तो मैं आज आपसे मिलने आया हूं।"

कमला दत्त लज्जा से जैसे लाल हो गई। अचानक उसने सिर नीचे झुका लिया। भाल पर दो-एक पसीने की बूंदें भी आ रही थीं।

फिर जैसे अपने से ही कह रही हो, "न-न, मैं जरा भी काम की औरत नहीं हूं। काम जरूर करती हूं, लेकिन फिर भी मैं कर्मशील नहीं हो पाती। काम ही कर पाऊं तो डांट क्यों खाऊं?"

"डांट खाती हैं? वाह, खूब! किससे डांट खाती हैं?"

'सेक्रेटरी से। आप तो उन्हें पहचानते नहीं हैं, अद्भुत काम के आदी हैं वह। उनकी काम करने की क्षमता देख दांतों तले उंगली दबानी पड़ती है। अकेला आदमी भी क्या इतना काम कर पाता है?"

सेक्रेटरी की बात उठते ही जैसे कमला दत्त एक मिनट में और ही आदमी हो

गई। चेहरे का भाव बदल गया। अचानक सांप देखकर चेहरे पर जो भाव आता है, ठीक वैसा ही। आदिनाथ ने हठात् स्कूल के वातावरण को जैसे हलका कर दिया था। एक क्षण में ही सब बदल गया। कमला दत्त फिर प्रधानाचार्या हो गई।

आदिनाथ ने कहा, "तो फिर उठूं?"

कमला दत्त ने नजर उठाकर कहा, "क्यों, अचानक क्या हुआ?"

"आपके काम का हर्ज कर रहा हूं। सेक्रेटरी महाशय को अगर पता लगेगा तो शायद..."

"वह तो यहां हैं नहीं।"

"नहीं हैं!"

"कलकत्ते गए हैं, कल शाम को लौटेंगे।" फिर रुककर बोली, "कलकत्ते में स्कूल का थोड़ा काम है। कुछ फर्नीचर चाहिए। इसके अलावा यूनिवर्सिटी में भी थोड़ा काम है, सब समाप्त कर कल लौटेंगे।"

आदिनाथ ने कहा, "चलो आफत मिटी। तो फिर डर की कोई बात नहीं है—क्यों?"

"हमारे सेक्रेटरी से लगता है, आप काफी डरते हैं?"

"हां। यहां अगर किसीसे डरता हूं, तो वह आपके सेक्रेटरी हैं।"

कमला दत्त ने पूछा, "और सुकुमारी से? उससे नहीं डरते?"

आदिनाथ जैसे कुछ समझ नहीं पाया, "क्यों, सुकुमारी से क्यों डरने लगा?"

कमला दत्त जैसे अचानक गम्भीर हो गई। बोली, "अगर सुकुमारी से डरते नहीं हैं तो उसे बताया क्यों नहीं कि आप उस दिन यहां आए थे?"

आदिनाथ जैसे और भी हैरान रह गया। पूछा, "लेकिन आपको कैसे पता चला कि मैंने बताया है या नहीं?"

कमला दत्त ने कहा, "मुझे पता है—और आज भी आपके आने के बारे में सुकुमारी कुछ नहीं जानती—है न?"

आदिनाथ ने कहा, "मैं मानता हूं कि सुकुमारी को मैंने नहीं बतलाया, लेकिन क्या उसे बताने पर ही आपको खुशी होती?"

"उसे न बतलाने पर मैं खुश होऊंगी, यह विचार आपके मन में कैसे आया? पहले इसका जवाब दीजिए। अपनी बात मैं फिर कहूंगी।"

आदिनाथ ने जैसे हतप्रभ होकर कहा, "मैंने सोचा था कि आप उस तरह की नहीं हैं।"

"किस तरह की?"

"अर्थात् औरतें साधारणतः जिस तरह की होती हैं। मतलब, आप अन्य नारियों की तरह नहीं हैं।"

"मतलब?"

इस बार आदिनाथ कोई जवाब नहीं दे पाया।

इसपर कमला दत्त हंस पड़ी, बोली, "मैं किस तरह की औरत हूं, न हो तो सोचकर बतलाइएगा। आपको मैंने सोचने का समय दिया, बैठे-बैठे सोचिए, फिर कहिएगा।"

लेकिन आदिनाथ को सोचना नहीं पड़ा। कमला दत्त के चेहरे पर हंसी देखकर जैसे अपने-आप उसे जवाब सूझ गया, बोला, "आपको साधारण औरत की तरह समझना सच में मुझे खराब लगता है। लगता है, जैसे आप काफी ऊपर हैं। घर-गृहस्थी, नोन-तेल-लकड़ी के बारे में सोचना जैसे आपको शोभा नहीं देता। अभी तो यह स्कूल छोटा है। यह संस्था अगर और भी बड़ी हो, यूनिवर्सिटी हो, उसके ऊपर ही रहना आपको शोभा देता है।"

तभी कमरे में प्रवेश कर कालो की मां ने कहा, "बड़ी दीदी मनि नल में पानी आ गया है।"

काफी देर बाद जैसे कमला दत्त होश में आई।

आदिनाथ ने भी स्थिति भांपकर कहा, "तब मैं भी चलूंगा अब।"

"न-न, बैठिए। आपके साथ बात करते-करते कब दुपहर ढल गई। पता ही नहीं चला।"

आदिनाथ ने कहा, "बेकार में आपका इतना समय नष्ट किया!"

"छिः, ऐसा मत कहिए। काम करना अच्छा लगता है, इसलिए क्या सारे दिन काम ही करती रहूं? आप आए तो थोड़ी देर इधर-उधर की बात कर ली। पता नहीं, कितने साल बाद आज इस तरह बातचीत की है।"

"सच, आपको देखकर मुझे ईर्ष्या होती है। अगर मैं भी आपकी तरह इतना काम कर पाता?"

"अधिकांश प्रशंसा का नाम ही निन्दा है, जानते हैं न?"

"आपके सामने ही कर रहा हूं, यह बात नहीं है; पीछे भी मैं और सुकुमारी दोनों आपकी प्रशंशा करते हैं।"

कमला दत्त ने हंसकर कहा, "तारीफ सुनते-सुनते मेरे कान पक गए आदिनाथ बाबू, अब तो निन्दा ही अच्छी लगती है—तभी तो रोज फटकार खाने सेक्रेटरी के पास जाती हूं।"

"आपकी जो निन्दा करे, उसे धिक्कार है!"

"वास्तव में वह मेरे अच्छे के लिए ही कहते हैं। कहते हैं, घर-गृहस्थी तो सभी करते हैं, उसके लिए लोगों की कमी नहीं है। देश की सेवा करने वाले कितने लोग हैं? सोचती हूं—मैं ही हूं क्या? क्या मेरी सामर्थ्य है? मैं कर ही क्या सकती हूं, फिर भी कोशिश करती हूं—अपनी क्षुद्र बुद्धि से जो कुछ भी कर पाऊं..."

फिर जरा रुककर बोली, "यह तीस बीघे जमीन—सभी तो सेक्रेटरी की दी हुई है। अभी भी काफी जमीन खाली है। आपने अन्दर देखा है?"

"ना।"

"आइए न, आपको सब दिखलाऊं।" कहकर कमला दत्त कुर्सी छोड़कर उठी, "आइए, आजकल तो स्कूल बन्द है। नहीं तो बाहरी आदमी का प्रवेश इस ओर वर्जित है।"

फिर दूसरे दरवाजे से कमला दत्त अपनी सुडौल-सुन्दर देह को अन्दर की ओर ले गई। पीछे-पीछे आदिनाथ भी आकर खड़ा हो गया।

कमला दत्त हाथ की उंगली से दिखलाने लगी, "वह जो एकतल्ला मकान देख रहे हैं, वही है हम लोगों की पुरानी इमारत। वहीं था पहले प्राइमरी स्कूल। वह बहुत पुरानी बात है। मैं वहीं पढ़ी थी। इसके बाद पास में जूनियर स्कूल की वह इमारत बनी। इसके बाद यह नई तीन-तल्ला इमारत बनी हाई स्कूल के लिए।"

आदिनाथ आश्चर्य से चारों ओर देख रहा था। अन्दर इतनी जगह पड़ी है, इतना अच्छा बगीचा! कमला दत्त के अपने शरीर की ही तरह सभी कुछ सुघड़, सुडौल, साफ-सुथरा।

कमला दत्त ने कहा, "वह जो तालाब के पास खाली जगह देख रहे हैं, वहां पर लड़कियों के लिए फिजिकल कल्चर की इमारत बनाने की योजना है—और उसी के पास कॉलेज की नई इमारत होगी—फिजिकल, केमिस्ट्री की प्रयोगशाला और संग्रहालय जो कुछ भी कहें।"

इसके बाद और एक तरफ दिखलाकर बतलाया, "उधर बीच में जो खाली मैदान देख रहे हैं, वहां एक हॉल होगा। वहीं मीटिंग वगैरह होगी। कोई विद्वान् आएगा तो वही उसका व्याख्यान होगा।"

"और इस ओर पूर्व के कोने में होगा 'अस्पताल', जिसके समीप ही डॉक्टर के रहने की जगह होगी।"

लेकिन आदिनाथ का ध्यान उस ओर नहीं था। यह सब वह सुकुमारी से कितनी ही बार सुन चुका था। वह कहती, "कमला दी सारे दिन केवल यही सब सोचती हैं। जो भी आता है, उसे दिखलाती हैं कि कहां कॉलेज होगा, कहां अस्पताल होगा और कहां होगी प्रयोगशाला।"

आदिनाथ को और भी एक बात याद आई। सुकुमारी ने कहा था, "जिस दिन कॉलरा से कालो की मां का लड़का मर गया था, उस दिन क्या आफत मची थी! हम सभी हाय-हाय कर रहे थे। कालो की मां पछाड़ खाकर फूट-फूटकर रो रही थी, मगर कमला दी?"

मनी ने कहा, "कैसा पत्थर का दिल है कमला दी का!"

माधुरी ने कहा, "अपने भाई-बहन तो देखे नहीं भाई, इसीसे इतनी कठोर हैं।"

सेक्रेटरी आए। साथ में कमला दी भी गईं। स्कूल से लगी ही कालो की मां की कोठरी थी। लोगों से लाश को बाहर लाया गया; लेकिन वह क्या छोड़ना चाहती थी! मरे लड़के को कालो की मां ने कसकर पकड़ रखा था। कहती थी, "अपने बच्चे को नहीं छोड़ूंगी रे!"

तभी कमला ने एक डांट लगाई।

औरत के शरीर पर कौन हाथ लगाता? अन्त में कमला दी ने ही कालो की मां के दोनों हाथ पकड़े। तब जाकर वे लोग लड़के को उससे छीन पाए। फिर कोठरी से बिछौना-बिस्तर सब निकालकर जलाया गया। कमला दी ने

कहा था, "तुम लोगों की तरह नरमदिल होने से तो स्कूल चल चुका!"

सुकुमारी ने कहा, "हम सब लोगों की आंखें उस समय छल-छल कर रही थीं। ओह, कालो की मां का इकलौता लड़का! लेकिन कमला दी की आंखें एकदम सूखी थीं।"

अगले महीने कमला दी ने कालो की मां के वेतन से पांच रुपये काट लिए। कालो की मां ने रोते-रोते कहा, "बड़ी दीदीमनि, मेरे पांच रुपये काट लिए?"

"उस महीने तुमने कई दिन नागा किया था, याद नहीं है?"

"मैंने नागा कब किया बड़ी दीदीमनि?"

"सुनो, लड़के के मरने पर तुमने काम किया था?"

कालो की मां फूट-फूटकर रोती बोली, "लेकिन मैंने क्या जानकर नागा किया था? मां होती तो पता लगता बड़ी दीदीमनि, कि अपना लड़का क्या होता है!"

कमला दी ने जवाब दिया, "तुम्हें एक लड़के का ही खयाल है; मुझे तो पांच सौ लड़कियों के बारे में सोचना पड़ता है। तुम्हें स्कूल तो चलाना नहीं पड़ता कालो की मां, तुम कैसे समझोगी! अगर तुम्हारी छुट्टी बाकी होती तो कोई बात नहीं थी। मुझे स्कूल के नियम-कानून मानकर चलना होता है। सेक्रेटरी के सामने हर बात की कैफियत देनी होती है। तब तुम तो आओगी नहीं मुझे बचाने।"

कमला दत्त अभी भी आदिनाथ को सब दिखला रही थी और बतला रही थी अपने सारे स्वप्न, सारी आशाएं और आकांक्षाओं के बारे में। सेक्रेटरी ने उससे कहा था, "तुम साधारण लड़की नहीं हो कमला, गृहस्थी तुम्हारे लिए नहीं है। याद रखो, भगवान् ने तुम्हें सारे बन्धनों से मुक्त किया है, एक महत् उद्देश्य के लिए।"

बचपन में एक दिन पढ़ाते-पढ़ाते उन्होंने कहा था, "अटलांटिक पार कर सभी तो अमेरिका पहुंच सकते थे, लेकिन क्यों नहीं पहुंच पाए, जानती हो? उनमें विश्वास नहीं था, स्थिर लक्ष्य नहीं ना। वह था तो केवल एक कोलम्बस में।"

राममोहन सेन और आह्लादी बहू में कभी कोई खास बात नहीं होती थी। बात का समय ही नहीं मिलता था। मिलने पर भी बात करने का साहस नहीं था। इनका मिजाज ही अलग था। पढ़ाई-लिखाई और स्कूल का काम लिए ही

सारे दिन व्यस्त रहते। आह्लादी बहू अपना काम ही खद देखती रहतीं तो सब ठीक-ठाक चलता रहता। हालांकि हर साल बच्चे होते रहे हैं, लेकिन एक को भी उन्हें पालना नहीं पड़ा। सिर्फ पैदा करके ही उनकी छुट्टी थी। इसके अलावा घर में न जाने कौन-कौन-से रिश्तेदार भरे थे, भाभी, बुआ, चाची, ताई, वे लोग भी जैसे इस गृहस्थी में बंध-सी गई थीं। इस घर की बहू के बच्चों, नाती-पोतों की देखरेख करना ही उन लोगों का काम था। कोई दाल साफ करती, तो कोई रसोई की देखरेख करती, तो कोई जच्चाघर की व्यवस्था संभालती। इसी तरह के अनेक काम लगे ही रहते। बहू को बच्चा होता, लड़की के बच्चा, फिर नतिनी के। इस घर में जच्चाघर कभी खाली नहीं पड़ा रहता, इसलिए काम भी कम नहीं था। हर एक सन्तान के प्रसव होते समय आह्लादी बहू को जीवन-मरण का संघर्ष करना पड़ता; प्राणान्तक कष्ट होता, मगर उससे गृहस्थी की व्यवस्था में कहीं कोई अन्तर नहीं आता। बाहर कचहरी में किसीको कानोंकान भी खबर नहीं पड़ती। बच्चों को ठीक समय पर खाना मिल जाता। जमाइयों को घड़ी के कांटे के साथ समय पर चाय मिलती। खुद सेन मोशाई के खाने के समय में भी एक मिनट का अन्तर नहीं पड़ता। सात कटोरियों में चर्व-चोष्य सभी कुछ उसी तरह। वह इस सबसे अलग निर्विकार भाव से अपने स्वर्ग में रहे आते।

कमला दत्त ने जब से होश संभाला, इसी गृहस्थी में पलकर बड़ी हुई। इसी वातावरण में कितने ही साल गुजार दिए। एक-एक करके हम उम्र सभीकी शादी हुई, जमाई आए, फिर जच्चाघर में जाकर वे लोग समय से प्रसव भी कर आईं।

लेकिन पता नहीं क्यों, इस घर के गले पड़े रिश्तेदारों के साथ कमला का कभी कोई साम्य नहीं रहा। कमला दत्त की उम्र बढ़ने के साथ ही आह्लादी बहू ने बुलाया, पहनने को साड़ी दी, गहना दिया। घर के और बच्चों ने भी उसे स्नेह दिया, श्रद्धा दी।

एकाध बार आह्लादी बहू ने कहा, "हां, अब तो कमला सयानी हो गई है। उसके भी शादी-ब्याह की कुछ व्यवस्था करो।"

सेन मोशाई ने कहा, "कमला इस घर की लड़की नहीं है, अतः उसके लिए तुम लोगों को कुछ सोचना नहीं है।"

वह स्वयं अपने पास बैठाकर उसे पढ़ाते। साथ ही कभी-कभी कहते, "तुम इस घर की कोई नहीं हो, इसलिए तुम इस घर की कोई भी चीज मत अपनाओ। तुम्हारे लिए सारे रास्ते खुले हैं। अपनी इच्छा के अनुसार ही तुम्हें अपना जीवन गढ़ना है, यही है मेरी इच्छा।"

कमला ने उस समय प्राइमरी परीक्षा पास की थी।

बोली, "मैं और पढ़ूंगी।"

सेक्रेटरी ने कहा, "ठीक है, पढ़ाई-लिखाई लिए ही रहोगी, तब इस स्कूल को मैं जूनियर स्कूल कर दूंगा।"

इसी तरह कमला भी बड़ी हुई और साथ ही स्कूल भी। कमला दत्त के साथ-साथ स्कूल भी आज इस अवस्था को आ पहुंचा है। अब कमला दत्त कहां जाए? इसलिए स्कूल को और बढ़ाओ। कॉलेज कर दो।

आदिनाथ ने पूछा, "इसके बाद?"

"इसके बाद उनका कहना है कि इसे यूनिवर्सिटी कर देंगे।"

आदिनाथ, "फिर?"

कमला दत्त ने उसके चेहरे की ओर ताका। फिर कहा, "फिर क्या, मैंने तो शुरू कर दिया। एक दिन और कोई आकर इसका भार लेगा, मैं हूं ही कितने दिन! मेरा काम अच्छी तरह से चलेगा, यही सोचकर मुझे शान्ति मिलेगी। इसके अलावा आप तो जानते ही होंगे, बैंडिल काफी 'पुरानी जगह है। एक समय और भी अच्छी जगह थी, जब कलकत्ते में ईस्ट इंडिया कम्पनी का राज्य था। वहां से अंग्रेज लोग छुट्टी बिताने और स्वास्थ्य-लाभ करने यहां आते थे। यहां पोर्चुगीज लोगों का अड्डा था। अभी भी कितनी ही देखने लायक चीजें हैं, आपने देखा है?"

"न, मैंने कुछ भी नहीं देखा है।"

"यह क्या, इतने दिन से हर शनिवार को आ रहे हैं, किराया खर्च कर रहे हैं, और बैंडिल ही नहीं देखा?"

आदिनाथ ने कहा, "देखने का समय ही कब मिला, यहां तो मैं दो ही चीजें पहचानता हूं, बैंडिल स्टेशन और आप लोगों का यह स्कूल। इसके अलावा और सब मेरे लिए अनजान हैं।"

"सुकुमारी के साथ किसी भी दिन तो देख सकते हैं?"

"तब तो हुआ, सुकुमारी भी तो मेरी ही तरह यहां नई है, दिखला सकती हैं तो सिर्फ एक आप। सच, मेरी देखने की इच्छा है। दिखलाएंगी?"

कमला दत्त चुप रही।

आदिनाथ ने कहा, "ओह, समझा, शायद सेक्रेटरी नाराज होंगे।" फिर जरा रुककर कहा, "आज ही चलिए न, आज तो सेक्रेटरी भी यहां नहीं हैं।"

कमला दत्त ने कहा, "इससे तो आप अगले शनिवार को आएं लो अच्छा है।"

"उस दिन भी शायद सेक्रेटरी नहीं रहेंगे?"

"नहीं, उस दिन भी उन्हें कलकत्ते जाना है।"

"ऐसी बात है क्या?"

"हां।"

"तब ठीक है, उसी दिन आऊंगा।"

आदिनाथ धीरे-धीरे कमरे के बाहर आकर खड़ा हुआ। कमला दत्त भी दरवाजे के पास आकर खड़ी हो गई।

हठात् घूमकर आदिनाथ ने कहा, "लेकिन आपने मेरी उस बात का तो जवाब दिया ही नहीं!"

"कौन-सी बात?"

"यही कि मैं सुकुमारी से छिपाकर यहां आता हूं, यह आपने कैसे जाना?"

इसपर कमला दत्त हंस पड़ी, बोली, "सुकुमारी ने मुझे चिट्ठी जो लिखी है।"

"आपको चिट्ठी लिखी है?"

"हां, उसमें आपके बारे में भी लिखा है कि आप बड़े व्यस्त हैं। उससे मिलने तक का समय नहीं निकाल पाते।" फिर जरा रुककर बोली, "व्यस्त आप कितने हैं, यह तो दीख ही रहा है। एक के बाद एक, दो शनिवार को मेरे पास आने का समय आपको मिल गया।"

"लेकिन आप सुकुमारी को यह सब न लिख दीजिएगा।"

"लेकिन मैंने तो चिट्ठी का जवाब कभी का दे दिया।"

"ओफ, तब तो सर्वनाश हो गया।"

"क्यों, इस बात के लिखने से क्या वह खूब नाराज होगी?"

"नाराज नहीं होगी?"

"लेकिन इसमें नाराज होने की क्या बात है? आपने क्या कोई अन्याय किया है?"

आदिनाथ ने कहा, "अन्याय करू या न करूं, सुकुमारी ठहरी औरत, गलत समझेगी, रोएगी-धोएगी। देखिए तो, आपने क्या आफत खड़ी कर दी!"

"गलती का फल तो आपको भोगना ही होगा; लेकिन लगता है, आज आप ट्रेन फेल करेंगे।"

आदिनाथ पांवदान पर पांव रख रहा था, लेकिन फिर लौटा, कहा, "तब अगले शनिवार को आ रहा हूं न?"

"बात तो यही तय हुई है।"

"लेकिन सुकुमारी को बिना बतलाए ही आऊं..."

"क्यों आप कोई बुरा काम तो कर नहीं रहे हैं न? कहकर ही आइएगा।"

आदिनाथ ने कहा, "यदि न कहूं तो आपत्ति है?"

इस बार कमला दत्त सचमुच गम्भीर हो गई। बोली, "हां, आपत्ति है। बिना कहे आपको भी यहां आने की जरूरत नहीं है। अच्छा होगा, अगर आप सुकुमारी को भी साथ लेकर आएं।"

कमला दत्त ने दरवाजा बन्द कर लिया।

अगले शनिवार को कमला दत्त तैयार ही थी। सब काम खत्म करके बैठी। बाहर गाड़ी की आवाज हुई, वह उसने सुनी। उसके बाद हर क्षण वह आदिनाथ की प्रतीक्षा कर रही थी।

कमला दत्त नजर नीचे किए थी। पांवों की आवाज सुनकर नजर उठाकर देखा, आदिनाथ, हंसी से भरा चेहरा, दोनों हाथ जोड़े।

कमला दत्त ने कहा, "आप तो अकेले हैं? सुकुमारी कहां है?"

आदिनाथ ने कहा, "सुकुमारी नहीं आई।"

"आप सुकुमारी से कहकर तो आए हैं?"

आदिनाथ चुप रहा। एक बार तो डर भी लगा। अगर सचमुच ही गुस्सा होगे लगे, इस औरत का विश्वास नहीं है।

कमला दत्त ने कहा, "नहीं न, लगता है, आपके कारण सुकुमारी काफी परेशान रहती होगी।"

आदिनाथ ने जैसे छुटकारे की सांस ली। अब जाकर वह निश्चिन्त होकर कुर्सी पर बैठा। बोला, "जिसकी परेशानी, वह परेशान होगी, आपको किस बात का डर है?"

कमला दत्त ने उसी तरह हंसकर कहा, "डर नहीं, किन्तु भरोसा भी नहीं है। आप लोग लड़कियों के साथ इस प्रकार आंख-मिचौनी खलेंगे, उससे समाज का क्या कल्याण होगा? औरतों को इस प्रकार हीन मानने से देश का कोई भी उपकार नहीं होगा। नहीं तो क्या मैं अपनी इच्छा से यहां स्कूल में पड़ी हूं! बिना औरतों के कोई आशा नहीं है। तभी परमहंस देव ने स्त्री-गुण का समर्थन किया था। नारी-भात से साधना की, मातृ-भाव का प्रचार किया। स्वामी विवेकानन्द ने भी लड़कियों के लिए मठ की व्यवस्था की है।"

आदिनाथ थोड़ी देर तक चुप रहा। चुपचाप कमला दत्त की बातें ध्यान से सुनता रहा। फिर बोला, "मैंने सोचा था कि आप शायद मुझे क्षमा कर देंगी।"

"यह आशा आप कैसे कर पाए? शायद मुझे भी और चार लड़कियों की तरह समझा था?"

"वह जानता हूं, लेकिन फिर भी सुकुमारी को लिखी चिट्ठी देखकर मेरी यह धारणा हुई।"

कमला दत्त जरा नर्म हो गई। हंसकर कहा, "शायद सुकुमारी ने वह चिट्ठी आपको पढ़ा दी?"

"हां," आदिनाथ ने कहा, "सुकुमारी मुझसे कुछ भी नहीं छिपाती। खैर, वह सब जाने दीजिए, लेकिन मेरे यहां आने के विषय में आपने उसे कुछ नहीं बताया, उसके लिए असंख्य धन्यवाद।"

"लेकिन इस बार बताना ही होगा। आपको बार-बार क्षमा करना ठीक नहीं।"

आदिनाथ ने जैसे घबराकर कहा, "दुहाई आपकी, कुछ दिन का समय दीजिए, कम से कम तीन महीने का।"

"तीन महीने?"

"तीन महीने के अन्दर कुछ न कुछ ठीक करना ही है।"

"क्या ठीक करना है?'

"देखूं, अभी इस बारे में कुछ नहीं कह पाऊंगा, लेकिन अगले शनिवार सुकुमारी को लेकर ही आऊंगा। कम से कम मुझे एक सप्ताह का समय तो दीजिए ही।"

"लेकिन अगले शनिवार को सो सेक्रेटरी यहीं रहेंगे। उस दिन तो आना होगा नहीं।"

"तब और किसी दिन।"

"इतनी जल्दी किस बात की? और दो दिन बाद तो स्कूल भी खुल जाएगा, तब तो आपको सुकुमारी के लिए आना ही होगा।"

"लेकिन आपने मुझे वचन दिया था, आज यहां की दो-एक जगह दिखलाएंगी।"

कमला दत्त ने थोड़ी देर कुछ सोचा। जरा आनाकनी की। फिर बोली, "बेकार की बात करते-करते काफी देर हो रही है, लेकिन जब आपसे कहा है तो चलिए, और देरी करने से क्या फायदा!"

कमला दत्त उस दिन पहली बार आदिनाथ के साथ बाहर निकली।

बोली, "चलिए, कपड़े अब नहीं बदलूंगी। यह तो मेरा अपना ही शहर है। इसी तरह ही जाऊंगी, लेकिन अधिक देर बाहर नहीं रुक पाऊंगी।"

आदिनाथ की लाई किराये की गाड़ी खड़ी ही थी। कमला दत्त ने अन्दर जाकर हाथ-मुंह धो सज लिया। इसी बीच जूड़ा भी जरा संभाल लिया था।

"चलिए, जब छोड़ नहीं रहे हैं तो हो आएं।"

कालो की मां ने आकर पीछे से दरवाजा बन्द कर दिया। गाड़ी का दरवाजा खोलकर कमला दत्त ने एक पांव उठाया, दूसरा अभी भी जमीन पर ही था। दाहिने पैर के खिंचाव से साड़ी जरा हट गई थी। अचानक आदिनाथ बायें पैर के नीचे का भाग देख पाया। हलकी-हलकी अलता की

रेखा अभी भी दिखलाई दे रही थी। देखकर आदिनाथ ने कहा, "मुझे वह श्लोक याद आया :

दीर्घा सुदीर्घनयना वरसुन्दरी जा
कामोपभोगरसिका गुणशीलयुक्ता।
रेखात्रयेण सुविभूषित कण्ठदेश।
सम्भोग केलिरसिका किल शंखिनी-सा॥"

रतिमंजरी की शंखिनी नायिका से हूबहू मिल रही थी। लग रहा था कि यह औरत पत्नी के रूप में, मां के रूप में, बहन के रूप में सभी दृष्टि से योग्य ठहरेगी। किसी भी पुरुष का घर वह उज्ज्वल कर सकती है। गृहस्थी बसाने पर एक कुशल गृहिणी होगी। लेकिन लगा कि यह सब होने का नहीं है, साथ ही सारी बातें भी न जाने कहां घुल-मिल गईं।

गाड़ी में बैठकर कमला दत्त ने ठीक से जंगले-दरवाजे बन्द कर लिए। फिर पूछा, "कहिए, पहले किधर जाएंगे?"

आदिनाथ ने कहा, "जहां आप पहले ले जाएं। आज तो अपने को मैंने आप पर ही छोड़ दिया है।"

"चलिए, पहले जुबली ब्रिज की ओर चलें। इसके बाद आपको वहीं पोर्तुगीज गिर्जा दिखलाऊंगी।"

आदिनाथ ने कहा, सोचो कि एक गाड़ी में दो जने बैठे हैं। मुझे तो जानते ही हो तुम। तरह-तरह की लड़कियों के साथ मेरा घनिष्ठ परिचय रहा है। रतिमंजरी के अनुसार पद्मिनी, चित्रिणी, शंखिनी, हस्तिनी सभी तरह की लड़कियों के साथ लक्षण मिलाकर बातचीत भी की है। एकसाथ, एक कमरे में, एक टैक्सी में दिन-रात, दुपहर, संध्या बिताई है। ऐसी बात नहीं है कि शंखिनी नारी मैंने पहले देखी नहीं थी; लेकिन जो मिली, वह पूरी शंखिनी नहीं थी। थोड़ी पद्मिनी, तो थोड़ी शंखिनी, अथवा चित्रिणी के लक्षण—मतलब कि मिक्सचर। लेकिन यह कमला दत्त ही एक ऐसी थी, जिसे पूरी तरह से शंखिनी कहा जा सके।

कितने दिन, कितने साल पहले की बात कह रहा हूं। आज कमला दत्त को वे सब बातें याद नहीं हैं, लेकिन मुझे एक-एक घटना साफ याद है।

आमने-सामने बैठे चुपचाप जा रहे थे। कमला दत्त को वास्तव में ऊबना

चाहिए था, लेकिन हुआ ठीक उलटा। मैं ही जैसे ऊब रहा था।

कुछ बोलना चाहिए, इसी से बोला, “अगर आपके सेक्रेटरी यहां होते तो शायद आप इस तरह मेरे साथ घूमने नहीं आ पातीं, है न?”

कमला दत्त ने वैसे ही बैठे-बैठे कहा, “वह तो मेरे अच्छे के लिए ही कहते हैं, जिस तरह मैं सुकुमारी को आपके साथ मिलने को मना करती हूं। उसके भले के लिए ही तो।”

आदिनाथ ने कहा, “सुकुमारी की बात जाने दीजिए। आज आप अपनी ही कहिए।”

कमला दत्त गाड़ी में चढ़कर जैसे फंस-सी गई थी। बोली, “मेरी बात! मेरे बारे में क्या सुनना चाहते हैं—बाघ-निसुन्दिपुर में जन्म हुआ। जब काफी छोटी ही थी, बाबा एक दिन घर छोड़कर चले गए। पांच वर्ष की होकर सेन मोशाई के यहां आई। तब से बराबर उन्हीं के पास पड़ी हुई हूं। उन्होंने जिस तरह चलाया, उसी को ठीक मानकर चलना सीखा। मन जो चाहता है. वह पाप है और मन जो नहीं करना चाहता, वही सही रास्ता है, यही समझती आई हूं। केवल काम और अध्ययन में मन को लगाए रखा। किसी भी ओर ध्यान देने का अवसर भी नहीं मिला। यही है संक्षेप में मेरी कहानी, और क्या सुनना चाहते हैं?”

“लेकिन इस इतने बड़े संसार में आपने यह स्कूल-मास्टरी का ही रास्ता क्यों चुना?”

“क्यों बहुत-सी औरतें स्कूल-मास्टरी करती हैं, सुकुमारी भी तो कर रही है?”

“सुकुमारी तो रुपये के लिए कर रही है। दूसरे के आसरे है। शादी होने पर छोड़ देगी। लेकिन आपके बारे में तो ऐसा नहीं है।”

कसला दत्त ने कहा, “मेरी भी तो एक तरह से वही स्थिति है।”

“क्या सच में वही बात है? आपके लिए तो सेक्रेटरी हजारों रुपये खर्च कर रहे हैं।”

“मेरे लिए, ऐसा क्यों कहते हैं? स्कूल के लिए कहिए।”

“लेकिन यह तो सभी जानते हैं कि स्कूल तो मात्र नाम को है। वास्तव में आपको रखने के लिए ही सब कर रहे हैं। आपके लिए ही स्कूल को बड़ा

किया। अब आपको और भी अधिक दिन पास में रखने के लिए उसे कॉलेज बनाए दे रहे हैं।

"उन जैसे आदमी का और जितने भी दिन साहचर्य मिले, मेरे लिए अच्छा है। उसी में मेरा लाभ है।"

आदिनाथ ने कहा, "बुरा न मानें तो एक बात कहूं?"

"कहिए।"

"लाभ आपका कुछ भी नहीं है, बल्कि सोलहों आने नुकसान ही है।"

कमला दत्त हंसी, फिर बोली, "और लाभ शायद सिर्फ राममोहन सेन मोशाई को है? मेरे लिए हजारों रुपये खर्च करने में, मुझे खिलापिलाकर आदमी बनाने में, अपने खर्च से पढ़ाने-लिखाने में सारा लाभ सिर्फ उन्हीं को है, मेरा कुछ नहीं? यही है न आपका कहना?"

"ठीक ही समझी हैं।"

"लेकिन क्या मैं उनकी लड़की हूं या कोई रिश्तेदार?"

आदिनाथ ने कहा, "आप उनकी अपनी लड़की नहीं हैं, यही तो लाभ है। उनकी रिश्तेदार होने पर वह इतना नहीं करते।"

"इसका मतलब?"

"सेन मोशाई की अपनी भी लड़कियां हैं। नाते-रिश्तेदारों का तो कहना ही क्या! उनमें से कितनों को उन्होंने लिखाया-पढ़ाया? उनमें से कितनों के पीछे इतना रुपया खर्च किया है? उन लोगों का तो समय से विवाह कर दिया, सभी अपने पति, बाल-बच्चों के साथ मजे से गृहस्थी चला रही हैं।"

कमला दत्त ने जैसे आज एक नई बात सुनी। उसने आदिनाथ की ओर इस तरह से देखा, जैसे उसने कोई महान् आविष्कार कर डाला हो। जरा देर बाद बोली, "सच ही तो, लेकिन क्यों? आपको क्या लगता है? मेरे ही नाम पर यह स्कूल, कॉलेज, यह आश्रम, यह त्याग—मैं क्या सचमुच ही उनकी लड़कियों से बिलकुल अलग हूं? नहीं तो मेरे लिए इतना क्यों कर रहे हैं?"

"क्यों कर रहे हैं, बतलाऊं? नहीं, रहने दीजिए।"

कहकर आदिनाथ चुप हो गया। फिर बोला, "आपके साथ मेरा

परिचय है ही कितने दिनों का! इतने कम परिचय में वह बात नहीं कही जा सकती है। वैसे यही कहने को मैं आज आपके पास आया हूं। आप जो भी सन्देह करें, लेकिन विश्वास कीजिए, आज मेरे आने का और कोई भी कारण नहीं है।"

कमला दत्त ने कहा, "नहीं, आप ठीक-ठीक कहिए; क्यों, वे ऐसा क्यों करते हैं?"

"वन के आजाद पंछी को मानव जिस कारण सोने के पिंजरे में रखता है, जिस लिए उसे दूध और दाना खाने को देता है, यह भी ठीक उसी लिए करते हैं।

इसी पर कमला दत्त ने कहा, "लेकिन मेरा स्कूल...उससे मुझे जो प्रेम है, शायद आपको पता नहीं। मेरी कितनी साध की चीज है यह स्कूल! इसे छोड़कर मैं और कुछ सोच भी नहीं सकती।"

"ठीक ही कह रही हैं। पिंजरे का पक्षी भी तो सोचता है कि सोने का पिंजरा उसी का है।"

कमला दत्त काफी देर तक न जाने किन विचारों में खोई रही।

गाड़ी फट-फट करती हिचकोले खाती चल रही थी। गाड़ी के साथ कमला दत्त का मांसल किन्तु सुडौल शरीर भी हिल रहा था, लेकिन जैसे उसका ध्यान किसी ओर भी नहीं था।

अचानक ऊपर से गाड़ीवान की आवाज आई, 'बाबू जी, जुबली ब्रिज आ गया है।"

आदिनाथ ने कहा, "उतरिए अब।"

बाहर दुपहर ढल चुकी थी। सामने विस्तृत गंगा और उस पर था लम्बा-चौड़ा जुबली ब्रिज। सर-सर करती हवा बह रही थी, जो कमला दत्त की करीने से पहनी साड़ी को भी जैसे उड़ाना चाहती थी। गंगा के किनारे काफी चहल-पहल थी। युद्ध के कारण कलकत्ते से यहां काफी तादाद में लोग आ गए थे। गाड़ी से उतरकर भी कमला जैसे खोई-खोई-सी हो रही थी।

आदिनाथ ने कहा, "चलिए, उधर घास पर वैठें।"

कमला दत्त चुपचाप वहां जाकर बैठ गई।

पास ही बैठकर आदिनाथ ने कहा, "सुना है, इस ब्रिज की लम्बाई बारह सौ फीट है। रेल कम्पनी ने शायद इस पर नौ लाख रुपये खर्च किए हैं; लेकिन इतना बड़ा तो लग नहीं रहा है।"

कमला दत्त ने इस पर भी कुछ नहीं कहा।"

आदिनाथ ने जरा देर के बाद फिर कहा, "यहां इतनी बार आया हूं, लेकिन आश्चर्य! गंगा-किनारे घूमने की इतनी अच्छी जगह है, यह तो पता ही नहीं था।

लेकिन कमला दत्त ने इस बार भी कोई जवाब नहीं दिया। थोड़ी देर बाद बोली, "चलिए, कहीं और चलें। यहां मुझे अच्छा नहीं लग रहा है।"

आदिनाथ ने हैरानी के साथ पूछा, "क्यों?"

"यहां बहुत लोग हैं। स्कूल की कई लड़कियों के अभिभावक यहां घूमने आते हैं। अगर किसी की नजर पड़ गई तो?"

"देख ही लेंगे तो क्या हुआ?"

"नहीं," कमला दत्त ने कहा, "वह आप नहीं समझ पाएंगे। चलिए, और किसी जगह चलें।"

फिर वही गाड़ी, मगर इस बार दिशा दूसरी थी। थोड़ी दूर चलने के बाद कमला दत्त ने कहा, "यहीं पर गाड़ी रुकवाइए।"

गाड़ी रुकी। पहले आदिनाथ, फिर कमला दत्त दोनों उतरे।

सामने देखकर आदिनाथ ने कहा, "यह है शायद वह पोर्चुगीज गिर्जा, जिसके बारे में सुना है कि यह बंगाल का सबसे पुराना गिर्जा है।"

वास्तव में गिर्जा काफी पुराना था। काई लगी दीवारें। बड़े-बड़े पेड़। धूप-छांह की आंखमिचौनी-सी खेलता विस्तृत कम्पाउड। हुगली के रास्ते आक्रमण कर मुगलों ने इसकी पुरानी इमारत नष्ट कर दी थी। यह बात सन 1660 की है। फिर पता नहीं दिल्ली के बादशाह को क्या दया आई—उन्होंने ही खुद फादर डी-क्रूज को 771 बीघे जमीन का पट्टा लिख दिया। इसके बाद सन् 1661 में फादर डी-सेटी ने यह चर्च बनवाया। यहां कोई नहीं रहता, एकदम निर्जन जगह है।

गिर्जे में घुसते समय दरवाजे के पास एक जहाज का विशाल मस्तूल

रखा था।

कमला दत्त ने कहा, "इस मस्तूल की भी एक कहानी है, पता है आपको?"

"कैसी कहानी?"

"चलिए, पहले किसी जंगह बैठूं—फिर आपको वह कहानी सुनाऊंगी।"

आदिनाथ ने कहा, "कहां बैठेंगी?"

"कहीं भी चलिए। पांव में बड़ा दर्द हो रहा है। उस ओर ही आइए।"

उस ओर कई बड़े-बड़े पेड़ एक-दूसरे से लगे चुपचाप खड़े थे। उसके नीचे दोनों ओर सीढ़ियां थीं। सीढ़ियों के दोनों ओर ऊंची दीवाल थी, जिस पर काई की काफी मोटी परतें जम गई थीं। सीढ़ियों के ऊपर चबूतरा जैसा था, जहां पर थोड़ी बैठने की जगह थी। आगे-पीछे दीवाल होने के कारण वहां बैठकर किसी भी ओर कुछ भी देखना मुश्किल था। सिर के ऊपर था सब कुछ देखने वाला गंगा साक्षी आसमान। बस, और कुछ नहीं।

"जगह तो बड़ी अच्छी है, शायद आप पहले से जानती हैं?" आदिनाथ ने कहा।

कमला दत्त ने कहा, "मैं कैसे जानूंगी! पहले क्या मैं कभी आई हूं यहां?"

"कभी नहीं आईं? जबकि आप यहां इतने दिनों से हैं!"

"स्कूल के कामों में ही फंसे रहना पड़ता है। समय ही कहां मिलता हैं।"

आदिनाथ ने कहा, "कुछ अन्यथा न समझिएगा, एक बात पूछूं?"

"कहिए, क्या है?"

आदिनाथ ने कहा, "सारे दिन ही तो आपको स्कूल में व्यस्त रहना पड़ता है, लेकिन क्या आपकी एकान्त में बैठने की कभी इच्छा नहीं होती?"

कमला दत्त काफी आश्चर्य में पड़ गई। बोली, "क्यों, निर्जनता मुझे जरा भी अच्छी नहीं लगती। चारों ओर सब लोग खूब हल्ला-गुल्ला करें, यही अच्छा लगता है।"

"फिर भी, क्या अपने मन को लेकर कभी खेलने की तबीयत नहीं

करती? जिस समय खूब रिमझिम करती वर्षा हो रही हो, हृदय खाली-खाली नहीं लगता? अथवा अर्ध रात्रि को नींद टूटने पर अतीत, वर्तमान और भविष्य को लेकर जाल नहीं बुनने लगती?"

कमला दत्त ने कहा, "वह सब क्यों करने लगी? मेरा क्या सिर फिर गया है?"

"तब छुट्टी के दिन खूब तेज बारिश होने पर क्या करती हैं?"

"कमरे से बाहर जाकर देखती हूं। सूखे कपड़े अन्दर लाकर रखती हूं और..."

"और आधी रात को नींद टूटने पर?"

"नींद टूटने पर चेहरे और आंखों पर पानी के छींटे लगाकर फिर सोने की कोशिश करती हूं।"

"अगर फिर भी नींद न आए?"

"तो चिराग गुल कर आंखें बन्द किए पड़ी रहती हूं।"

"उस समय मन में कुछ नहीं आता? कोई चेहरा, पुरानी स्मृतियों के धुंधले चित्र, अथवा बचपन की कोई घटना, माता-पिता की याद अथवा जवानी के पहले दिनों के स्वप्न?"

"कभी-कभी मन में आता भी है तो क्या याद करके रखती हूं?"

आदिनाथ ने कहा, "शायद मन में रखने लायक कभी कुछ घटा ही नहीं, नहीं तो जरूर याद रहता, लेकिन याद रखने लायक क्या सचमुच आपके जीवन में कुछ घटा ही नहीं? अच्छी तरह से याद कीजिए।"

थोड़ी देर सोचकर कमला दत्त ने कहा, "नहीं, सच में कुछ भी नहीं घटा।"

आदिनाथ ने कहा, "आश्चर्य की बात है!"

"इसमें आश्चर्य की क्या बात है? सभी के जीवन में क्या उल्लेखयोग्य घटना घटती है?"

"सभीके जीवन में घटती है, आपको छोड़कर सभीके जीवन में।"

"आपके जीवन में ऐसी कौन-सी घटना घटी है, जो आपको हमेशा से याद है और अन्त तक याद रहेगी।"

आदिनाथ और भी पास खिसक आया। बोला, "मेरे जीवन में? तो

सुनिए, आज जो बैंडिल के गिर्जा की सीढ़ियों पर बैठकर आपके साथ बात कर रहा हूं—यह घटना मैं कभी भी नहीं भुला पाऊंगा। यह घटना हमेशा मेरे मन में बसी रहेगी कमलादेवी!"

कमला दत्त का सारा शरीर जैसे सिहर उठा। अचानक उसने नजर नीचे झुका ली।

आदिनाथ जैसे अपने से ही कहने लगा, "हम लोगों का परिचय है ही कितने दिनों का! देखा जाए तो आज का दिन लेकर मात्र दो दिन का ही परिचय है; लेकिन लगता है, जैसे आपसे बहुत पुराना परिचय है। पता नहीं यह सब कहना उचित है या नहीं—फिर भी आज के बाद मिलने पर भी इतनी घनिष्ठता से बात करने का अवसर शायद और नहीं मिलेगा। जब बूढ़ा हो जाऊंगा, आंखों में जाली पड़ जाएगी, तब सिर्फ इतना ही सोचकर शान्ति पाऊंगा कि कमला दत्त नाम की नारी के साथ एक दिन बैंडिल के इस गिर्जा की सीढ़ियों पर बैठकर संध्या के प्रकाश में थोड़ी देर जो आनन्द मिला, वह और कहीं भी नहीं मिला।"

कमला दत्त चुप ही रही।

आदिनाथ ने फिर कहा, "आपका यह स्कूल एक दिन बड़ा होगा। आपका यश और भी फैलेगा। उस समय शायद मैं यहां से काफी दूर बंगाल के बाहर किसी प्रान्त में अज्ञात और बुरी अवस्था में होऊं। कोई मुझे पहचानेगा नहीं। फिर भी मैं यही सान्त्वना लेकर बचा रहूंगा, मैं कमला दत्त को पहचानता हूं। उनके साथ बैठकर मैंने एक दिन अकेले में बातें की हैं। अपने काम का नुकसान करके वह एक दिन मेरे साथ यहां आईं, चाहे कुछ ही क्षणों के लिए ही। यही स्मृति मेरे हृदय में हमेशा बनी रहेगी।"

कमला दत्त ने नजर नहीं उठाई। नाखून से दीवाल की काई खुरचती रही।

सिर्फ इतना ही कहा, "यही सब कहने के लिए क्या आप आज यहां आए हैं?"

आदिनाथ ने कहा, "क्या कहने आया था, वह मैं उस समय नहीं जानता था। जानने पर भी मुझे इस समय याद नहीं है।"

कमलादत्त ने काई खुरचते-खुरचते ही कहा, "मुझसे मिलकर किसीको इतना आनन्द मिल सकता है, मैंने कभी कल्पना भी नही की थी, सच!"

आदिनाथ ने कहा, "और कोई पाता है या नहीं, नही जानता; लेकिन मैंने पाया है, मेरी इच्छा पूरी हो गई। मुझे और कुछ नहीं चाहिए।"

"कभी-कभी सोचती हूं, घर-गृहस्थी तो सभी चलाती हैं, लेकिन मैं शायद चाहकर भी नहीं चला पाऊंगी। बचपन में लड़कियां गुड्डे-गुड़ियों का खेल करती हैं। गुड़ियों की शादी करती हैं। गृहस्थी का खेल खेलती हैं। मुझे सेन मोशाई ने कभी वह भी नहीं करने दिया। कहते थे, मेरे लिए यह सच नहीं है, मैं अन्य लड़कियों से अलग हूं।"

आदिनाथ ने कहा, "जरा भी अलग नहीं हैं, कसम आपकी, आप बहन, पत्नी, मां जो भी हों, आपपर सब अच्छा लगेगा।"

कमला दत्त उस समय भी नाखून से चुपचाप काई खुरच रही थी। थोड़ी देर बाद कहा, "लेकिन मुझे तो बड़ा डर लगता है।"।

"डर की क्या बात है! बहन बनने की कोशिश कीजिए, भाई पाएंगी; पत्नी होने की चेष्टा कीजिए, जरूर पति पाएंगी; मां बनने की चेष्टा कीजिए, सन्तान भी मिलेगी। असल में उसके लिए आपको औरत होना पड़ेगा।"

कमला दत्त जरा मुस्कराई, फिर बोली, "मैं औरत नहीं तो क्या हूं?"

"आप हैं पिंजरे की चिड़िया," आदिनाथ ने कहा, "आप फिर से जंगल की आजाद चिड़िया होने की कोशिश कीजिए, ठीक हो जाएंगी। आपका वह स्वरूप बहुत ही अच्छा होगा। सच, विश्वास मानिए।"

कहकर काई लगी दीवाल पर नजर जाते ही आदिनाथ अवाक् रह गया। इतनी देर से काई खुरचते-खुरचते न जाने कब कमला दत्त ने उसका नाम लिख डाला था। कमला दत्त को खुद ही खयाल नहीं था कि उसने क्या किया। लिखा था, आदिनाथ।

हठात् आदिनाथ एक काम कर बैठा। धप्प से उसने कमला दत्त का हाथ पकड़ लिया। बोला, "दीवाल पर आपने जो कुछ लिखा है, उसे आप मिटा नहीं पाएंगी, किसी भी तरह नहीं।"

कमला दत्त भी अचानक नाम देखकर लज्जा से लाल हो गई। छी:-छी:,

बात करते-करते न जाने कब उसने यह कर डाला! उसे खुद ही खयाल नहीं था। वह आदिनाथ के हाथ से अपने दोनों हाथ छुड़ाकर नाम मिटाने के लिए बढ़ी।

बोली, "न-न, छी:-छी:, पता नहीं आपने क्या सोचा होगा, छी:!"

लेकिन आदिनाथ भी छोड़ने वाला नहीं था। कमला दत्त के दोनों हाथ पकड़कर बोला, "न कमलादेवी, वह आप किसी भी तरह नहीं मिटा पाएंगी। वह मैं आपको किसी भी तरह नहीं मिटाने दूंगा।"

लज्जा से जैसे कमला दत्त की जान निकली जा रही थी। बोली, "छी:-छी:, कितनी शर्म की बात है!"

फिर जरा रुककर बोली, "न-न, वह मुझे मिटाने दीजिए। आदिनाथ, किसी भी तरह नहीं!"

कमला दत्त ने अचानक अपना हाथ खींचकर चेहरा ढक लिया।

फिर बोली, "अगर मुझे नहीं मिटाने देते तो आप स्वयं ही मिटा डालिए।"

"नहीं कमलादेवी, किसी भी तरह नहीं।"

कमला दत्त अभी भी अपना चेहरा ढके थी। बोली, "लेकिन यह तो बतलाइए कि क्यों नहीं मिटाने देते? सच, मुझे इस तरह लज्जित कर आपको क्या फायदा होगा?"

"नहीं, वह नाम वहां उसी तरह रहेगा। यह जो एक मिनट के लिए आप 'नारी' बनी हैं, उसी बात की साक्षी रहेगा।"

"लेकिन आप जो हैं साक्षी?"

"बहत दिनों बाद जब आपसे भेंट होगी, और जब आपको आज की बातें याद नहीं रहेंगी, उस समय मैं इस दीवाल को ही साक्षी मानूंगा।"

अचानक तभी कमला दत्त उठ खड़ी हुई। बोली, "चलिए, अब चला जाए।"

आदिनाथ ने भी कहा, "चलिए।"

गाड़ी में बैठने के बाद सारे रास्ते में दोनों में कोई बात नहीं हुई। चलते-चलते थोड़ी देर में गाड़ी जाकर स्कूल के फाटक पर रुकी।

पहले आदिनाथ दरवाजा खोलकर खड़ा हो गया। फिर हाथ का सहारा देकर कमला दत्त को उतारा।

आदिनाथ ने पूछा, "अगले शनिवार को क्या मुझसे आने को कहती हैं?"

कमला दत्त न जाने क्या सोचने लगी। फिर धीरे से बोली, "अगले शनिवार को?"

लेकिन उसी समय दोनों की एकसाथ नजर पड़ी, सेक्रेटरी राममोहन सेन दफ्तर के दरवाजे के पास खड़े थे। वह खड़े-खड़े उन्हीं लोगों की ओर देख रहे थे।

कमला दत्त उन्हें देखते ही फौरन नजर झुकाकर अन्दर की ओर चल दी।

और आदिनाथ! उसने उसी दिन पहली बार सेक्रेटरी को आंखों से देखा। अच्छी तरह से देखा। शास्त्रों में नायक के जो-जो गुण लिखे हैं, सब जैसे चेहरे पर स्पष्ट दीख रहे थे, दानशील, कृती, सुश्री, रूपवान्, कार्यकुशल, लोकरंजक, तेजस्वी, पंडित और सुशील। चेहरे या दृष्टि में कहीं भी ईर्ष्या-भर्त्सना नहीं। आत्मश्लाघारहित, क्षमाशील, गम्भीर स्वभाव, बलशाली, स्थिर और विनयी। सेन मोशाई के साथ शास्त्र में लिखे धीरोदात्त नायक के सभी गुण मिल रहे थे। बारह से तो जैसे कोई भी फर्क नहीं था।

इसके बाद उसी गाड़ी से वह स्टेशन आया और कलकत्ते लौट गया।

लेकिन सेक्रेटरी कुछ भी नहीं बोले। एक बार यह भी नहीं पूछा कि कमला दत्त के साथ जो आये थे, वह सज्जन कौन थे।

कमला दत्त ने पूछा, "आपको आए क्या काफी देर हो गई?"

सेन मोशाई ने कहा, "नहीं तो, काम हो गया था, इसलिए चार बजे की ट्रेन से ही लौट आया।"

"नये साल के लिए अनुदान स्वीकृत हुआ?"

"अनुदान तो स्वीकृत हो ही चुका था, विभाग से सिर्फ आदेश भेजने में देर हो रही थी। वही खुद कराके ले आया।"

इतना कहकर सेक्रेटरी अपने घर जाने को मुड़े।

कमला दत्त कुछ क्षण उस ओर ताकती खड़ी रही। फिर वहीं खड़ेखड़े बोली, "मुझसे कुछ कहेंगे क्या?"

"नहीं।" कहकर सेक्रेटरी जैसे जा रहे थे, उसी तरह चलते गए।

लेकिन सिर्फ उसी दिन नहीं, फिर किसी भी दिन उन्होंने कुछ नहीं कहा।

उसके बाद कमला दत्त कितनी बार उनके पास हमेशा की तरह गई है। काम के प्रसंग में तरह-तरह की बातें हुईं।

वह पूछते, "कुछ बेंचों के लिए ऑर्डर दिया गया था, क्या वे आ गईं?"

कमला कहती, "नहीं तो, कब देने की बात थी?"

इसी तरह के बहुत-से प्रसंग, लेकिन वह बात फिर कभी नहीं उठी।

घर के अन्दर जाते समय दरवाजे पर सेन मोशाई की छोटी लड़की मिण्टू मिल गई।

कमला दत्त ने पूछा, "क्यों री, तेरी मां क्या कर रही हैं?"

"मां तो सो रही हैं।" फिर हंसकर कहती, "कमला दी, पता है, मां के बच्चा होगा?"

"हट, किसने कहा?" कहकर उसे गोद में उठा लेती।

"सच कमला दी, मझली काकी ने कहा है।"

कमला दत्त कहती, "चल, तेरी मझली काकी के पास ही हो आऊं।"

आह्लादी मासी मां अभी भी उसी तरह सो रही थीं। कमला दत्त को देखकर बोलीं, "ओ मां, यह क्या, उसे गोद में क्यों ले लिया? तेरे कपड़े खराब कर देगी।"

"करे न, कपड़े गन्दे होने से कौन-सी महाभारत अशुद्ध हुई जा रही हैं।"

आह्लादी मासी मां ने कहा, "ओ मां, आज तेरे मुंह से यह नई बात सुन रही हूं। पहले तो तू कभी बच्चों को हाथ लगाती नहीं थी। और, ये कान की बाली क्या नई बनवाई हैं?"

"नई क्यों बनवाने लगी बेकार में! ये बालियां तुम्हींने तो मुझे दी थीं, याद नहीं है? बक्स में पड़ी थीं, उस दिन दीख गईं, सो पहन लीं।"

आह्लादी मासी मां ने कहा, "अच्छा ही तो है, पहनना ही चाहिए। औरत की जात बिना गहने के सूनी-सूनी लगती है।"

उस प्रसंग को बदलने के लिए कमला दत्त ने कहा, "मासी मां, कैसी हो आजकल?"

आह्लादी मासी मां चित लेटी थीं। यह सुनकर तकिये पर हाथ-पैर जरा और फैला दिए। बोलीं, "क्या बतलाऊं, न जाने कैसी अरुचि-सी हो गई है।

पेट में कुछ भी नहीं जा पाता। पहले कभी ऐसा नहीं हुआ था। मुंह में कुछ रखते ही कै हो जाती है। केवल चाय पर बची हूं। लेकिन देख, घर में इतने लोग हैं, चार बजने को हैं, अभी तक एक प्याली चाय मुझे नहीं मिली है। जरा तू इन लोगों का हाल देख।"

कमला दत्त कभी-कभी रसोई की ओर जाती। कहती, "मझली नानी! कहिए, कैसी हो? क्या खबर है?"

मझली नानी उसकी ओर पटरा खिसकाकर कहतीं, "आओ बेटी! तुम मजे में हो अपनी पढ़ाई-लिखाई लिए। यहां तो आठ वर्ष की उम्र में शादी हो गई। शंख बजे, गीत गाए गए और जब दस साल की उम्र हुई, मां तालाब के किनारे ले गईं। हाथ की चूड़ियां तोड़ डालीं और सिर का सिन्दूर पोंछकर रोने लगीं। कहा, 'अभागी के भाग्य फूटे।' बेटी, पैंसठ की हो आई, ससुराल क्या होता है, कभी जाना ही नहीं। पति किसको कहते हैं, मैं जान ही न पाई। उस समय लड़की होकर जन्म लेना ही पाप था बेटी!"

आजकल कमला दत्त सारे घर में चक्कर काटती फिरती। छुटपन से वह इसी घर में बड़ी हुई है, फिर भी जैसे आज हरेक चीज नई लग रही थी।

वह पूछती, "अरे मानू! तुम कब आई?"

सेक्रेटरी की बड़ी लड़की थी मानू। वह कहती, "ओ मां, कितने भाग्य की बात! कमला दी के दर्शन मिले। तभी तो मां को कहती हूं, कमला दी मजे में हैं, न किसी के लेने में न देने में। यहां तो उसकी तबीयत ठीक हुई, तो इसकी खराब, कुछ न कुछ लगा ही रहता है।"

"इस बार पूजा पर नहीं आईं?"

मानू ने मुस्कराकर कहा, "तुम्हारे जीजा छोड़ें, तब तो। कहा, 'हर साल तो मां के पास जाती हो, इस बार मेरे साथ दार्जिलिंग चलो।' "

"ओह, तो दार्जिलिंग गई थीं घूमने!"

चिलचिलाती धूप। दरवाजे-खिड़की बन्द कर कमला दत्त अपने कमरे में सो रही थी। अचानक घोर मूसलाधार बारिश शुरू हो गई। कब मेघ आए, कब टप-टप करके पानी गिरने लगा, उसे कुछ पता नहीं। फिर वह भयानक

बारिश जो शुरू हुई, तो बन्द होने का नाम ही नहीं।

कमला दत्त को न जाने क्या हुआ, उसने खिड़की के दोनों पल्ले खोल दिए। बाहर जितनी दूर नजर जाती, सिर्फ पानी और पानी। बाहर आकाश, मैदान, पेड़-पत्ते सब कुछ पानी में सराबोर थे। धीरे-धीरे जैसे किसीने कमला दत्त के चारों ओर एक भारी पर्दा डाल दिया हो। एक क्षण में ही उसे लगने लगा, जैसे वह अकेली है, एकदम अकेली। बड़ा अजीब लग रहा था। और आश्चर्य, उसी समय आंखों के सामने जैसे नाच उठी एक तस्वीर, एक चेहरा।

चेहरे के बारे में सोचने पर कमला दत्त ने दोनों हाथों से अपनी आंखों को अच्छी तरह से पोंछ डाला।

इसी तरह एक दिन फिर!

आधी रात को अचानक नींद टूट गई। वैसे ऐसा कम ही होता है। बिस्तर से उठकर कमला दत्त बाहर बाथरूम में जाकर हाथ-मुंह धो आई। तकिये में सिर घुसाकर फिर से सोने की कोशिश करने लगी, लेकिन बेकार। फिर चेहरे और सिर पर पानी के छींटे लगाए और आकर तकिये में सिर छुपाया, लेकिन नींद थी कि आने का नाम ही नहीं। बाहर अंधेरा घुप्प रात। सब कुछ निस्तब्ध। ऊपर, काफी ऊपर आसमान में शायद एक पक्षी उड़ा जा रहा था। अजीब-सा एक सांय-सांय शब्द कानों में आ रहा था। झींगुरों की तान अलग चल रही थी। कमला दत्त खिड़की के पास खड़ी-खड़ी यही सब देखने लगी। यही सब सुन रही थी। उसी समय—

ठीक उसी समय, आश्चर्य, अचानक एक चेहरा जैसे चुपचाप आंखों के आगे आकर खड़ा हो गया।

उस दिन भी कमला दत्त ने अपने दोनों हाथों से झट आंखें पोंछने की कोशिश की।

लेकिन अगले शनिवार को उसे न जाने क्यों, डर-सा लगने लगा। आज अगर आदिनाथ न आए, तो ही अच्छा है। सिर्फ दो दिन आकर आदिनाथ ने उसे जैसे एकदम बदल दिया है। अब जैसे वह एक और ही कमला दत्त हो गई है। इन कुछ दिनों में उसने स्कूल के बारे में कम ही सोचा। स्वयं बक्स

से निकालकर बालियां पहनीं, फिर उतारकर बक्स में रख दीं। और अगर आदिनाथ आए ही तो सुकुमारी को साथ लेकर। सुकुमारी के रहने पर उसे कुछ साहस मिलेगा, नहीं तो आदिनाथ के साथ अकेले होने पर हृदय धुक-धुक करने लगेगा। सारा शरीर जैसे सिहर उठेगा।

शनिवार की दुपहरी जैसे खत्म ही नहीं होना चाहती थी। बारह बजे, एक बजा, दो, तीन, चार भी बज गए। आता तो अब तक आ जाता। इसके माने आज नहीं आएगा।

लेकिन आई एक और वस्तु—वह थी सुकुमारी की चिट्ठी।

सुकुमारी ने लिखा था—"कमला दी, आपकी चिट्ठी पाकर कितना आनन्द हुआ, कह नहीं सकती। आप अच्छी हैं, पढ़कर खुशी हुई। उन्हें आपकी चिट्ठी दिखलाई। जानती हैं, उन्होंने आपकी लिखावट की खूब प्रशंसा की। हम लोग खूब सिनेमा देख रहे हैं, लेकिन फिर भी कुछ अच्छा नहीं लगता। शनिवार के दिन वह काफी व्यस्त रहते हैं। उस दिन मुझसे मिल भी नहीं पाते। पिछले दिनों शनिवार को सोचा था कि उन्हें लेकर आपसे मिलने आऊंगी, लेकिन उन्हें कोई बड़ा जरूरी काम था। बोले—बैंडिल नहीं जा पाऊंगा। मामा के यहां कामकाज से जरा भी छुट्टी नहीं मिलती।' मैं नहीं थी, तब तक किसीको कोई तकलीफ नहीं थी। अब सभीको कुछ न कुछ हो गया है। पतीली चढ़ाने से जूतों की सिलाई तक सभी काम करना पड़ता है। पता नहीं इन सबसे कब छुट्टी मिलेगी! बारह तारीख को ही तो अपना स्कूल खुल रहा है न! ग्यारह तारीख को तीन बजे की ट्रेन से उनके साथ पहुंचूंगी। मनीषा दी, माधुरी दी, लीला दी और सबकी क्या खबर है? वे सब कब आ रही हैं? कलकत्ते में रोज ही ब्लैक आउट होता है। रात को बाहर निकलते डर लगता है। 'रास्ते की सभी बत्तियों पर काली टोपी लगा दी गई है। हर तरफ...। जो भी हो, आशा है, अच्छी तरह होंगी। जल्दी ही मिलूंगी। इति।"

बारह तारीख को स्कूल खुला। फिर जैसे जीवन आया। झड़ाई-पुंछाई होने लगी। चारों ओर फिर से शोर-शराबा शुरू हो गया। कुछ दिन के लिए नारी बनी कमला दत्त फिर प्रधानाचार्या थी।

सेक्रेटरी ने कहा, "छुट्टी के बाद ए० आर० पी० की कक्षा शुरू करनी होगी। शिक्षक आएगा। याद है न?"

"किस-किस दिन होगी?"

"सप्ताह में एक दिन, शनिवार को, स्कूल की छुट्टी के बाद।"

ग्यारह तारीख को हड़बड़ करते सभी आ पहुंचे। वे सब काफी दूर-दूर से आए, लेकिन हाजिर सभी थे। यात्रा से थके होने के कारण सभी जल्दी-जल्दी खा-पीकर आराम करने लगे।

मनीषा सेन ने कहा, "कमला दी, मैं तो आपको पहचान ही नहीं पाई।"

कमला दत्त मुस्कराने लगी, बोली, "क्यों, क्या एक महीने में ही इतनी मोटी हो गई हूं?"

"मोटी क्यों, लेकिन आप पहले से काफी सुन्दर लग रही हैं।"

लीला, माधुरी—सभी ने कहा, "सच कमला दी, आपका चेहरा बिलकुल बदल गया है।"

"लेकिन मुझमें ऐसा क्या बदला है, यह तो बताओ?"

मनीषा सेन ने कहा, "यह तो नहीं कह सकती, लेकिन आप अब काफी सुन्दर दीख रही हैं।"

"पहले शायद बुरी दीखती थी?"

"वह सब मुझे नहीं मालूम, अच्छी दीख रही हैं, इसीसे कहा।"

कमला दत्त ने तब हंसकर कहा, "शायद तुम लोगों की आंखें ही बदल गई हैं। जो कुछ देखती हो, सुन्दर ही दिखलाई देता है।"

सुकुमारी भी तीन बजे की गाड़ी से आ गई। मामा के यहां जाकर उसका शरीर अच्छा हो गया था। उसने नई चप्पल खरीदी है। नई मुर्शिदाबादी सिल्क की साड़ी खरीदी है और खरीदा है चमड़े का नया सुटकेस।

बिस्तर-बक्सा ऑफिस में ही एक ओर रख दिया।

सुकुमारी आते ही उसे देखकर खुश-खुश बोली, "कमला दी, आप कितनी अच्छी लग रही हैं! एक महीने से देखा नहीं, सच, क्या बताऊं, आप बहुत ही सुन्दर लग रही हैं!"

कमला दत्त ने कहा, "अच्छी तरह से तो थीं?"

ठीक उसी समय आदिनाथ कमरे में आया। बोला, "नमस्कार!"

कमला दत्त ने भी दोनों हाथ जोड़कर कहा, "नमस्कार!"

आदिनाथ की ओर देखकर सुकुमारी ने कहा, "अच्छा, तो तुम अब जाओ। तुम्हें काम है न, ट्रेन का समय हो रहा है।"

आदिनाथ चला गया।

सुकुमारी ने कहा, "मैं भी चलूं अब। उफ, ट्रेन में कितनी भीड़ थी! क्या बतलाऊं—बैठे-बैठे पीठ-पेट सब अकड़ गए हैं।"

कमला दत्त तब तक अपने काम में लग गई थी। फिर वही सब। फिर कक्षाओं में जाकर पढ़ाना, कौन झांसा दे रहा है, कौन पढ़ाई-लिखाई में मन नहीं लगा रहा है, कौन बगीचे से फूल तोड़ रहा है, बगीचे की सफाई ठीक से हुई है कि नहीं, पीने का ताजा पानी भरा गया है या नहीं। फिर से वही अभिभावकों से मिलना। प्रकाशकों से सिर खपाना। फिर परीक्षा के पर्चे तैयार कराना। अध्यापिकाओं की वेतन बढ़ाने की दरख्वास्त। फिर रोज शाम को रिपोर्ट देने सेक्रेटरी के घर जाना। काम का कोई अन्त है! सभी कुछ की जिम्मेदारी उसीके ऊपर जो है।

आह्लादी मासी मां कहतीं, "गर्मियों की छुट्टियों में तो फिर भी कभी-कभी चक्कर लगा जाती थी, आजकल तो दीखती ही नहीं है।"

मान कहती, "आज जा रही हूं कमला दी!"

"यह क्या, अभी से चल दी? उसी दिन तो आई थी!"

मान कहती, "आपका तो पता ही नहीं रहता। फिर अपने जीजाजी को तो जानती हो..."

"शायद वह नाराज हो जाएंगे?"

स्कूल में काम करते-करते भी सेक्रेटरी के घर की बातें याद आ जातीं। मझली नानी खाना बनाते-बनाते कहतीं, "अरे, तुम लोग खूब मजे में हो, मेरा आठ वर्ष की उम्र में विवाह हो गया और दस साल की थी, तब विधवा हो गई। पैंसठ साल की उम्र हो गई। ससुराल और पति क्या होता है, कभी नहीं जाना!"

सुकुमारी काम के बीच ही दौड़ी आई। हाथ में थी एक अर्जी।

बोली, "कमला दी! एक दिन की छुट्टी की अर्जी दे रही हूं। दस्तखत कर

दीजिए। देखिए, 'ना' मत कीजिएगा कहीं!"

कमला दत्त ने हंसकर पूछा, "कहां जाओगी?"

"उनके साथ एक जगह जाना है।"

"कहां, सूनूं न!" कमला दत्त ने हंसते-हंसते पूछा, "शायद सिनेमा देखने?"

"ओ मां, सिनेमा देखने के लिए छुट्टी क्यों लेने लगी? एक जगह निमन्त्रण में जाना है।"

"दोनों का एकसाथ निमन्त्रण! शादी के निमन्त्रण तो रात में होते हैं, दिन के समय किस चीज का निमन्त्रण है?"

"रात को तो कलकत्ते में ब्लैक आउट रहता है। आजकल तो खाना-पीना सब दिन में ही होता है।"

"तो रात को तो यहीं खाओगी न?"

दरख्वास्त मंजूर कराके ही छोड़ी सुकुमारी ने। दोतल्ले पर बंगला की कक्षा थी। फट-फट करती चली गई।

हमेशा की तरह शनिवार को आदिनाथ के आने की बात है। सुकुमारी ने खास तौर से लिख दिया था—"शनिवार को छुट्टी ली है, तुम सुबह दस बजे की ट्रेन से आ जाना। मैं तैयार रहूंगी।"

लेकिन शुक्रवार की दुपहर को अचानक सव बदल गया।

कमला दत्त ने सुकुमारी को बुलवाया। कालो की मां को बुलाकर कहा, "कालो की मां, सुकुमारी दीदीमनि को बुला लाओ तो।"

सुकुमारी के आते ही कमला दत्त ने कहा, 'इस शनिवार को तुम्हारा जाना नहीं होगा।"

सुकुमारी जैसे आसमान से गिर पड़ी, बोली, "वाह, खूब! खुद ही तो कल मुझे छुट्टी दी?"

"छुट्टी देने से क्या होगा! आज सेक्रेटरी का नया आदेश आया है।"

"कैसा आदेश?"

"ए० आर० पी० की कक्षाएं होंगी। तुम सभी को उपस्थित रहना आवश्यक होगा। यह देखो!"

सुकुमारी जैसे क्षण-भर में एकदम निराश हो गई। बोली, "वाह, मैंने

उन्हें आने के लिए चिट्ठी लिख दी है। सब कुछ तैयार है। वे लोग हम लोगों की राह देखेंगे और आप कह रही हैं कि जाना नहीं होगा!"

"लेकिन मेरे पास रोने से क्या होगा, मैं कर ही क्या सकती हूं!'

"कमला दी, आप जरा समझाकर कह दीजिए न! आपके कहने से सब ठीक हो जाएगा...मेरी स्थिति जरा सोचकर तो देखिए!"

"वह मैंने सोच ली है।"

और कमला दत्त अपने काम में लग गई। थोड़ी देर बाद नजर उठाकर देखा, सुकुमारी अभी भी खड़ी थी। उसकी आंखें छलछला आई थीं। जैसे अभी रो ही पड़ेगी।

कमला दत्त ने कहा, "तुम्हारा काम हो गया सुकुमारी! तुम अब कक्षा में जाओ। लड़कियां शोर मचा रही हैं।"

सुकुमारी को लगा—कमला दी का स्वर जसे काफी गम्भीर है, उसी समय जैसे अचानक काम का भारी बोझा आ पड़ा हो। उसने कहा, "अब आप छुट्टी नहीं देंगी?"

कमला दत्त ने काम करते-करते कहा, "एक बात को बार-बार मत दोहराओ सुकुमारी! मुझे और भी काम हैं।"

"पता है कि आपको काम है। यह भी तो आपका ही काम है। कह दीजिए नहीं है!"

"छोटी-सी बात के लिए इतना समय नष्ट करने को मेरे पास गुंजाइश नहीं है। सेक्रेटरी की आज्ञा तुम्हें माननी ही होगी। सिर्फ सेक्रेटरी का ही नहीं, यूनिवर्सिटी का, सरकार का आदेश!"

सुकुमारी चुप रही। जरा रुककर कमला दत्त ने कहा, "सभी रहेंगे, मैं रहूंगी, सेक्रेटरी खुद रहेंगे, तुम ऐसी कौन-सी लाट साहब हो कि नहीं रह पाओगी? दो दिन नहीं घूमने से क्या हो जाएगा? नौकरी पहले है या घूमना? मैंने तो कितनी बार कह दिया है, यह सब ठीक नहीं है। यदि अपना भला चाहती हो तो यह आदत छोड़ो। उसमें कुशल नहीं है?"

सुकुमारी ने रुआंसा होकर कहा, "आज दस साल से मिल रही हूं। अब क्या छोड़ी जा सकती है?"

"नौकरी अगर करना चाहती हो तो छोड़ना ही होगा। और अगर ऐसा नहीं करना चाहती तो जहां इच्छा हो, जाओ। मैं न देखने जाऊंगी, न कुछ कहने।"

जोर की आवाज सुनकर मनीषा दी, मीरा दी तथा और कई अध्यापिकाएं भी आ गईं। सभी खड़ी-खड़ी सुन रही थीं। कुछ लड़कियां भी लुक-छिपकर झांक रही थीं।

सुकुमारी और कुछ न कहकर नजर झुकाए चली गई।

कमला दत्त ने सभीको सम्बोधित करके कहा, "मैंने तो सभी से कहा है, यह स्कूल सिर्फ एक सामान्य स्कूल ही नहीं है। इसे तुम लोग आश्रम मानो। यहां तुम, मैं, सेक्रेटरी सभी सेवा करने आए हैं। लड़कियों की सेवा, देश की सेवा, मनुष्यत्व-लाभ की दुःसाध्य साधना करनी है हम लोगों को। पहले सेवा, फिर स्वार्थ! यह अगर न हो सके तो स्कूल बन्द कर देना ही अच्छा है। कुछ शब्द रटाकर, उनके मतलब सिखलाकर परीक्षा में पास करा देने से न छात्राओं का मंगल होगा, न देश का ही। यह बात मैंने तुम लोगों को कई बार बताई है। आज फिर बता रही हूं।"

शाम को कमला दत्त सुकुमारी के कमरे में पहुंची। सुकुमारी उस समय भी चेहरा फुलाए बैठी थी।

कमला दत्त ने हंसते-हंसते कहा, "शायद नाराज हो?"

सुकूमारी की आंखें अभी तक सूखी थीं, लेकिन इस बार बांध और नहीं रुका। बोली, "आप सबके सामने मुझे इस तरह जलील करेंगी?"

कमला दत्त ने अपने आंचल के छोर से सुकुमारी के आंसू पोंछे। बोली, "मेरी तरह प्रधानाध्यापिका होती तो पता लगता कि मेरी जिम्मेदारी कितनी है।"

रोते-रोते सुकुमारी ने कहा, "उनके आने पर क्या कहूंगी?"

कमला दत्त ने हंसते हुए कहा, "और मैं ही सेक्रेटरी को क्या जवाब दूंगी? वह जब पूछेंगे, सुकुमारी बसु कहां है, वह क्यों नहीं आई, तो मैं क्या कहकर उन्हें चुप कराऊंगी?"

सुकुमारी जैसे अपने-आप से कहने लगी, "मेरे मां-बाप नहीं हैं, इसीसे नौकरी करने आना पड़ा है। मां-बाप होने पर क्या मुझे इतनी दूर नौकरी करने आना पड़ता?"

कमला दत्त ने फिर से सुकुमारी के आंसू पोंछकर कहा, "नौकरी कर रही हूं, सोचने से तो खराब लगेगा ही। इसे तुम नौकरी क्यों सोचती हो? मैं क्या तुम लोगों के साथ उसी तरह का व्यवहार करती हूं? या और ही किसीके साथ करते देखा है? बाप-मां हमेशा तो किसीके भी नहीं रहते, मेरे ही हैं क्या?"

सुकुमारी को जैसे काफी सहारा मिला।

कमला दत्त ने कहा, "चलो उठो, खाने चलो। तुम नहीं खाओगी तो मैं भी नहीं खाऊंगी।"

उस दिन सुबह भी सेक्रेटरी ने कमला दत्त से पूछा था, "ए० आर० पी० की कक्षा में सभी रुक रहे हैं न?"

कमला दत्त ने सिर हिलाकर कहा, "हां, सभी रहेंगे।"

"हर एक कक्षा में खबर भेज दी थी न?"

कमला दत्त ने मौन स्वीकृति दी।

"सूचना पर सभी के हस्ताक्षर करा लिए थे न?"

इस बार भी कमला दत्त ने सिर हिलाकर ही कहा, "हां, हस्ताक्षर करा लिए हैं।"

लेकिन आदिनाथ तो यह सब कुछ जानता नहीं था। सुकुमारी की चिट्ठी के अनुसार शनिवार की सुबह दस बजे की ट्रेन से ही आ गया। हमेशा की तरह वह घोडागाड़ी साथ ही लाया था। प्रधानाध्यापिका के कमरे में जिस समय घुसा, वह मनोयोग से काम कर रही थी।

आदिनाथ ने खुद ही एक कुर्सी खींचकर बैठते हुए कहा, "नमस्कार मिस दत्त!"

"ओह, इतनी सुबह!"

"क्यों, सुकुमारी ने आपसे छुट्टी नहीं ली? मुझे लिखा था कि उसने छुट्टी ले ली है!"

कमला दत्त ने उसी तरह गम्भीरता से कहा, "छुट्टी मिल गई थी, लेकिन बाद में अस्वीकृत हो गई।"

"वह तो मैं जानता नहीं था, लेकिन अचानक ऐसा क्यों हो गया?"

"आज छुट्टी के बाद हम लोगों की नई ए० आर० पी० कक्षा प्रारम्भ हो रही

है, इसीसे। हर शनिवार को होगी, सभी को रहना होगा। सरकारी आदेश है।"

आदिनाथ ने इसके बाद फिर अधिक कुछ नहीं कहा। सिर्फ कहा, "अगर पहले से जानता तो बेकार इतनी दूर नहीं आता।"

"वह तो है ही, सुकुमारी को चिट्ठी लिखनी चाहिए थी..."

"एक बार, जरा एक मिनट के लिए सुकुमारी को बुला सकेंगी क्या?"

"जरूर!" कहकर कमला दत्त ने आवाज दी, "कालो की मां!"

वह शायद कहीं आसपास थी नहीं। दो-तीन वार आवाज देने पर भी उसका कोई प्रत्युत्तर नहीं मिला।

कमला दत्त बोली, "जरा देर बैठिए, अभी बुलवाए देती हूं।"

कुछ क्षण चुपचाप गुजरे। उस दिन एकसाथ पोर्चुगीज गिर्जा देखकर लौटते समय सेक्रेटरी से आमना-सामना होने के बाद क्या हुआ, कुछ पता नहीं चला था। कमला दत्त को छोड़कर और किसीसे वह बात जानी भी नहीं जा सकती थी। सुकुमारी तो उस बारे में कुछ भी नहीं जानती थी।

अचानक आदिनाथ ने ही निस्तब्धता भंग की, "उस दिन आपने इतना समय खराव कर पुराना गिर्जा, जुबली ब्रिज सब कुछ दिखलाया, उसके लिए आपको धन्यवाद भी नहीं दे पाया।"

कमला दत्त ने जरा आहिस्ता से कहा, "नहीं तो, उसमें धन्यवाद की क्या बात है! मैंने भी तो नहीं देखे थे, उस दिन देख आई।"

"उसके बाद भी क्या फिर कभी वहां गई हैं?"

"नहीं, फिर समय नहीं मिला।"

"मैं तो एक बार फिर जाऊंगा।"

"फिर जाएंगे?"

"हां, इस बार अकेला ही जाऊंगा।"

"क्यों?"

"फिर कभी शायद जाने का सुयोग ही न मिले—इसके अलावा..."

जरा रुककर फिर कहा, "इसके अलावा मेरे लिए बह जगह स्मरणीय जो हो गई है।"

इसी समय अचानक सुकुमारी आंधी की तरह कमरे में आई। बोली,

"आ गए? ठीक ही हुआ, मैं जल्दी से जरा साड़ी बदल आऊं।"

कहकर फिर उसी तरह अन्दर चली गई।

इस घटना से जितना आश्चर्य कमला दत्त को नहीं हुआ, उतना आश्चर्य आदिनाथ को हुआ, "आपने तो कहा था कि सुकुमारी आज जा नहीं पाएगी?"

कमला दत्त ने मन-ही-मन कुछ सोचा, फिर कहा, "हां, मैंने ठीक ही कहा है। उसका जाना आज नहीं होगा।"

"लेकिन वह तो तैयार होने गई है?"

तभी साड़ी बदलकर सुकुमारी फिर हांफते-हांफते आ गई, बोली। "कमला दी, मैं जा रही हूं।"

कमला दत्त ने स्थिर दृष्टि से उसकी ओर देखा, फिर कहा, "नहीं सुकुमारी, तुम नहीं जाओगी।"

"लेकिन आपने मेरी अर्जी मन्जूर की है। मैं कोई गैरकानूनी काम तो कर नहीं रही हूं।"

"हां, गैरकानूनी काम कर रही हो।"

"न, मैं गैरकानूनी कुछ भी नहीं कर रही हूं।"

सुकुमारी की इतनी दढता देखकर कमला दत्त को जैसे आश्चर्य हआ। उसने जरः गर्म होकर कहा, "सुकुमारी, अपना भला चाहती हो, तो मेरी वात सुनो। इसके बदले सोमवार या मंगलवार को छुट्टी लेकर हो आना।"

सुकुमारी फिर भी जिद करने लगी, "नहीं कमला दी, मैंने जब एक बार इन्हें आने को लिख दिया तो मैं जाऊंगी ही।"

कमला दत्त ने इसपर आदिनाथ की ओर घूमकर कहा, "आप क्या इसे सचमुच ही ले जाएंगे?"

आदिनाथ कुछ ठीक नहीं कर पा रहा था कि उसे क्या जवाब देना चाहिए।

कमला दत्त ने फिर कहा, "यह तो समझती नहीं है कि जिम्मेदारी क्या है, लेकिन मुझे तो स्कूल चलाना पड़ता है। सेक्रेटरी का सख्त हक्म है, सभीको उपस्थित रहना ही होगा। इसपर भी आप इसे ले जाएंगे तो इसकी नौकरी जाएगी।"

सुकुमारी ने कहा, "लेकिन मेरी छुट्टी तो मन्जूर हो चुकी है।"

कमला दत्त ने आदिनाथ की ओर ही देखते हुए कहा, "छुट्टी स्वीकृत हो

जाने पर भी आवश्यक कारण से उसे रद्द कर दिया गया है। इसपर भी अगर यह जाती है, तो मेरी कोई जिम्मेदारी नहीं है।"

आदिनाथ चुपचाप खड़ा था।

सुकुमारी ने कहा, "चलो, ट्रेन का समय हो रहा है।"

कमला दत्त ने फिर कहा, "यह सब सुनकर भी क्या आप इसे ले जाएंगे?"

जरा सोचकर आदिनाथ ने कहा, "सुकुमारी अगर जाना चाहती है तो मुझे ले जाने में कोई आपत्ति नहीं है।"

सुकुमारी ने कहा, "तब चलो न, देर हो रही है।"

अब तक आसपास काफी भीड़ जमा हो गई थी, लेकिन किसीकी परवाह किए बिना सुकुमारी फट-फट करती चली गई।

आदिनाथ को भी पीछे-पीछे जाना पड़ा। जाते समय कहता गया, "अच्छा, तो नमस्कार।"

मैंने पूछा—फिर?

आदिनाथ ने कहा—फिर सुकुमारी को लेकर कलकत्ते आया, फिर हमेशा की तरह आखिरी ट्रेन से जाकर किराये की घोडागाड़ी से उसे स्कूल के दरवाजे तक छोड़ आया।

लेकिन इतना समझ गया कि उस दिन जो कमला दत्त के साथ जुबली ब्रिज और पुराना गिर्जा देखने गया, पास बैठकर संध्या तक इतनी बातें की, उन सब बातों के बारे में उनसे एक शब्द भी सुकुमारी को नहीं बतलाया। और गर्मी की छुट्टियों में मेरा बैंडिल जाना—उस बारे में भी सुकुमारी कुछ नहीं जानती।

लेकिन सुकुमारी से वे सारी बातें अधिक समय तक छिपी भी न रह पाई।

कमला दत्त ने नहीं कहा। कहा एक ही आदमी ने। लेकिन इस समय वह बात छोड़ो।

रात को लौटने पर कमला दत्त ने कहा, "तुम, देख रही हूं, मेरा नाम भी डुबाओगी और स्कूल का भी। आज ए० आर० पी० कक्षा में तुम्हें न देख सेक्रेटरी बुरी तरह से नाराज हुए। मुझे जो मन में आया, सो कहा।"

सुकुमारी ने कहा, “सेक्रेटरी के नाराज होने से क्या आता-जाता है? आप नाराज नहीं हैं, यह काफी है।”

“लेकिन कह सकती हो, आखिर इतना आकर्षण किस बात का है?” कमला दत्त ने पूछा।

सुकुमारी ने हंसकर कहा, “आप वह सब नहीं समझेंगी।”

कमला दत्त भी हंस पड़ी, “क्यों, मैं क्यों नहीं समझ पाऊंगी?”

“आप अगर किसी को प्यार करतीं, तो जरूर समझ पातीं...”

कमला दत्त खिलखिलाकर हंस पड़ी, लेकिन हठात् जैसे एक बात याद आ गई। पोर्चुगीज चर्च के बगीचे में आदिनाथ ने उस दिन कहा था, ‘आप बहन, मां, पत्नी सब कुछ हो सकती हैं। आप पूरी तरह से नारी हैं।’

बात जैसे तीर-सी उसके हृदय में लगी। कहा, “मैं भी तो तुम लोगों को चाहती हूं। स्कूल की ये पांच सौ लड़कियां, सभी के अच्छे-बुरे का खयाल रखती हूं। वह भी एक तरह का प्रेम ही है। और भी महान्, और भी उदार!”

सुकुमारी ने कहा, “मैं आपके साथ तर्क नहीं करूंगी कमला दी! मुझे आप चाहे जितना समझाइए, कहां यह और कहां वह?”

और वह जोर-जोर से हंसने लगी।

दूसरे दिन स्कल की छड़ी के बाद हमेशा की तरह गाडी आई। कालो की मां ने कहां, “चाय नहीं पी बड़ी दीदी? चाय तो बन गई है।”

कमला दत्त ने कहा, “रहने दे, सेक्रेटरी के यहां जाकर ही पी लूंगी। अभी देर हो रही है।”

गाड़ी में चढ़ने पर कोचवान ने यथारीति खिड़कियां बन्द कर दीं। रोज की पहचान वाला गाड़ीवान प्रधानाध्यापिका को रोज ही सेक्रेटरी के घर पहुंचाया करता था। कोच-बक्स पर चढ़कर उसने गाडी हांकना शुरू कर दिया, लेकिन मोड़ पर आते ही कमला दत्त ने हुक्म दिया, “उधर नहीं दाईं ओर की सड़क से चलो।”

हुक्म की तामील करना ही गाड़ीवान का काम है। आपत्ति का कोई प्रश्न ही न था। चलते-चलते गाड़ी जब पोर्चुजगीज चर्च के पास पहुंची, कमला दत्त ने हुक्म दिया, “रुको।”

दरवाजा खोलकर वह उतरी। गेट के पास वही जहाज का विशाल

मस्तूल। उसके पास बगीचा। फिर काफी दूर गिर्जा का बड़ा हॉल। उस ओर न जाकर कमला दत्त बाईं ओर घूमी। चारों ओर उसी दिन की तरह नीरवता का साम्राज्य था। फिर भी कमला दत्त ने एक बार चारों ओर देख लिया—कोई देख रहा है या नहीं। धीरे-धीरे उसके बाद उन्हीं सीढ़ियों के पास पहुंची। दोनों ओर वही काई लगी बिना छत की दीवालें और ऊपर चबूतरा।

चबूतरे के सामने दीवाल की ओर कुछ देर कमला दत्त देखती रही।

काई की मोटी पर्त पर उसके हाथ का लिखा वह नाम अभी भी स्पष्ट, उतना ही उज्ज्वल। उस दिन कमला दत्त ने अनजाने में वह नाम लिख डाला था; लेकिन आज अनजाने में नहीं, पूरे होश में ही उस दिन के लिखे नाम पर ही एक बार अपनी उंगली घुमाई। और भी स्पष्ट होकर चमक रहे थे चार अक्षर, 'आदिनाथ'।

फिर उसी तरह निःशब्द सीढ़ी से उतर आई कमला दत्त और गाड़ी में चढ़कर दरवाजा बन्द कर हुक्म दिया, "चलो।"

सेक्रेटरी तैयार ही थे। कमेटी के और सदस्य भी आ चुके थे।

कमला दत्त भी एक ओर जाकर बैठ गई।

ब्रह्म सरल बाबू ने कहा, "कमलादेवी को जरा देर हो गई आज।"

तारक बाबू उस समय भी अपनी पुरानी बात को समझाने की कोशिश कर रहे थे, "विद्यासागर मोशाई ने देश की नारियों के लिए जो कुछ किया है, केशव सेन ने उसका एक भाग भी नहीं किया।"

इस पर सरल बाबू ने कहा, "तारक बाबू, आपने ब्रह्मानन्द की जीवनी ही नहीं पढ़ी है। सिंदूरपट्टी में गोपाल मल्लिक के घर जब ब्रह्मानन्द ने प्रवचन दिया, तब बड़े लाट और छोटे लाट दोनों उसे सुनने आए थे, यह क्या कम है?"

तारक बाबू ने कहा, "बात हो रही है नारी-शिक्षा की और आप ले आए बड़े लाट, छोटे लाट को!"

सरल बाबू बोले, "यदि ऐसा ही है तो जिस समय ब्रह्मानन्द विलायत से आए और 'इंडियन रिफॉर्म कमेटी' बनाई, उसमें प्रथम विषय तो स्त्री विद्यालय ही था।"

तारक बाबू ने कहा, "इधर भी तो देखिए, विद्यासागर महाशय के स्कूल

की लड़कियों को लाने-ले जाने वाली गाड़ी के दोनों ओर पता है, क्या लिखा रहता था। लिखा रहता था—कन्यामेव पालनीया शिक्षनीयति यत्नतः।"

तभी सेक्रेटरी ने कहा, "अच्छा, अब आप लोग जरा शान्त होइए। अपने असली विषय को उठाया जाए। आप लोग जानते हैं, हर संस्था की सफलता के लिए सबसे आवश्यक वस्तु है अनुशासन। निष्ठा और नियमानुकलता के बिना किसी भी संस्था, संस्था ही क्यों, किसी भी चीज की सफलता असम्भव है। चाहे विद्यासागर मोशाई हों, चाहे आप लोगों के ब्रह्मानन्द केशवचन्द्र—इस बारे में शायद सभी एकमत होंगे।"

सरल बाबू ने कहा, "वह तो है ही।"

सेक्रेटरी ने फिर कहना शुरू किया, "आज हम लोगों के इस प्रतिष्ठान में नियमभंगता का एक उदाहरण देखने में आया। सुकुमारी बसु नाम की हमारी एक अध्यापिका ने मेरी आज्ञा का उल्लंघन किया है।"

कमला दत्त चुपचाप सुन रही थी। सेक्रेटरी की बात सुन नहीं पा रही हो, ऐसा नहीं था; लेकिन चुपचाप सुनने के अलावा उसके लिए और कोई रास्ता ही नहीं था। कमला दत्त ने लक्ष्य किया था—हर शनिवार के दिन सुकुमारी को जैसे नशा चढ़ जाता। उस दिन वह ठीक से पढ़ा भी नहीं पाती थी। आदिनाथ आता था। आकर सामने बैठता। नशे की खुमारी में सारा दिन गुजारकर सुकुमारी जिस समय अकेली ही लौटती, तब भी जैसे वह खुशी और उत्साह से भरी होती थी। आदिनाथ की वात कर पाने पर सुकुमारी को और कुछ नहीं चाहिए।

आह्लादी मासी मां को भी तो देख रही है। शरीर इतना कमजोर है, हमेशा बीमार रही आती हैं, फिर भी जच्चाघर में जैसे चेहरा एकदम बदल जाता है।

जच्चाघर में आह्लादी मासी मां चित पड़ी रहतीं। दस दाइयां सेवा को लगी रहतीं। इस वार लड़का हुआ है। सभी खुश हैं।

कमलादत्त पूछती, "क्या हाल है मासी मां?"

आह्लादी मासी मां चीं-चीं करती कहतीं, "देख बेटी, सोवड़ में पड़ी हूं, कोई कुछ समझता ही नहीं है।"

"क्यों, हआ क्या मासी मां?"

"सुबह से पड़ी-पड़ी चिल्ला रही हूं, लेकिन अभी तक बासी मुंह ही

पड़ी हूं। एक चूंट चाय तक नहीं उतरी है गले में। तू आई है। मेरे सुख देखना बेटी—इतना पैसा फूंककर मुझे क्या आराम मिल रहा है?"

लेकिन कमला दत्त को लगता—लड़का होने के गर्व से आह्लादी मासी मां की आंखें जैसे चमक रही हों।

इस बार मान मायके से आई है। कमला दत्त से उम्र में काफी छोटी है। अभी उसी दिन तो शादी हुई थी।

"कमला दी, मजे में तो हो?"

"अरे मान, कव आईं?"

मानू हंसते-हंसते कहती, "यही कल ही तो आई हूं।"

कमला दत्त पूछती, "अचानक आईं?"

फिर उसी तरह हंसते-हंसते मानू ने कहा, "मेरे भी होगा।"

अचानक सेक्रेटरी ने पूछा, "कमला, तुम्हारी क्या राय है?"

जीवन में कभी कमला दत्त ने सेक्रेटरी राममोहन सेन की मर्जी के खिलाफ अपनी राय नहीं दी। आज भी सिर्फ सिर हिला दिया।

धीरे-धीरे फिर कमला दत्त गाड़ी से बोर्डिंग लौट आई। मनीषा, मीरा, माया सभी गप्प लगाने में मशगूल थीं। तरकारी बन रही थी। कमला दत्त को देखकर मीरा ने कहा, "काशीफल में क्या चने पड़ेंगे कमला दी?"

बिना कुछ कहे कमला दत्त अपने कमरे में चली गई।

साथ-साथ सुकुमारी भी आई। बोली, "आपकी क्या तबीयत खराब है कमला दी?"

अचानक कमला दत्त जैसे गुस्से से फट पड़ी, "मेरे कमरे से निकल जाओ तुम! जाओ, मेरे सामने से जाओ!"

कमला दी को अचानक क्या हो गया, सुकुमारी कुछ भी नहीं समझ पाई। बोली, "आपका सिर दबाऊं कमला दी?"

कमला दत्त इस बार सीधी होकर बैठ गई। बोली, "मैं कह रही हूं, जाओ। सुनाई नहीं दे रहा है क्या? हट जाओ मेरे सामने से! गईं या नहीं?"

आदिनाथ ने कहा—मैं उस समय इस बारे में कुछ भी नहीं जानता था।

शनिवार को कमला दत्त की इच्छा के विरुद्ध सुकुमारी को लेकर निकला था। फिर हमेशा की तरह पहुंचा आया। इसके बाद के दो शनिवार मैं काफी व्यस्त रहा, कई काम थे। अपना व्यापार तो था ही, इसके अलावा रमा थी, रमला थी, सुतपा थी, सुप्रीति...कितनी ही थीं। कहीं जाकर गाना सुनता, किसी के गहने की प्रशंसा करता और किसीके रूप की प्रशंसा करनी पड़ती। इसके अलावा किसी के पास जाकर पैसे की बात सुननी होती। समय मेरा खराब नहीं कट रहा था।

हठात् एक दिन सुकुमारी का तार आया। लिखा था—"तार देखते ही चले आओ। मैं कलकत्ते जाऊंगी। मेरी नौकरी चली गई है।"

मुझे पता था ऐसा ही कुछ होगा। और यह भी कि इसके लिए जिम्मेदार सुकुमारी नहीं, कमला दत्त नहीं, बल्कि मैं ही था। उस दिन कमला दत्त के साथ घोड़ागाड़ी में घूमने जाना ही मेरा अपराध था। मन ही मन जरा हंसी भी आई।

मीरा ने कहा, "तू जाकर क्षमा मांग ले न सुकुमारी! इसमें दोष क्या है? कमला दी तो हमारी मां की तरह हैं।"

सुकुमारी भी बच्ची नहीं थी। बोली, "क्यों, आखिर मैं क्षमा मांगने किसलिए जाऊं?"

मनीषा दी ने कहा, "इस समय नौकरी जाना क्या अच्छी बात होगी? युद्ध के कारण सभी स्कूल तो बन्द हुए जा रहे हैं।"

माया दी ने कहा, "इसके अलावा हम लोगों को बैठाकर खिलाएगा कौन? एक महीना बीतने पर एक सौ तीस रुपये, हम लोगों के ही कौन..."

सरला दी ने कहा, "सो तो है ही। पूजा आ रही है। वहां सभी लोग आस लगाए बैठे हैं। अगर किसी को भी कुछ न दे पाऊं तो सभी के मुंह चढ़ जाएंगे, और देने से सब खुश।"

मनीषा दी ने कहा, "गृहस्थी के तो यही सब झमेले हैं। इसी वेतन में से रुपये घर जाएंगे, तब ग्वाला, धोबी, बनिया सब लोगों का बाकी चुकता होगा। नहीं तो नौकरी क्या कोई शौक से करता है!"

कालो की मां कमरे में चुपचाप आकर बोलीं, "दीदीमनि, क्या हुआ है?"

सुकुमारी बाल खोले बैठी थी। बोली, "किसका क्या हुआ कालो की मां?"

कालो की मां ने कहा, "लगता है, कुछ हुआ है।"

"नहीं तो, कुछ भी तो नहीं हुआ है।"

"तब बड़ी दीदीमनि रो क्यों रही हैं?"

आह्लादी मासी मां लड़कियों से पूछतीं, "हां री, कई दिन से कमला बेटी को नहीं देखा। शायद आजकल आती नहीं है?"

जच्चाघर से मासी मां अपने कमरे में आई हैं। छठी हो गई है। उसी तरह ही पड़ी रहती हैं। शरीर पर साड़ी भी ठीक से नहीं रह पाती। कहतीं, "पैसा खर्च करके खब सुख मिल रहा है! अभी तक गले में चाय तक नहीं पड़ी है। सब भूत हैं, भूत!"

उस दिन कमला दत्त आई। बोली, मुझे बुलाया था मासी मां?"

आह्लादी मासी मां हमेशा की तरह चित पड़ी थीं। नौकरानी ने उनकी साड़ी ठीक कर दी।

मासी मां ने जरा मुस्कराकर कहा, "अच्छी लड़की है, मुन्ने को एक बार देखने भी तो नहीं आई! पता है, मुन्ना तुझसे खूब नाराज है। कैसे आंख फाड़-फाड़कर देख रहा है! अभी से ही उसमें खूब बुद्धि है..."

इतने-से लड़के की बुद्धि की कहानी और नहीं सुना पाईं।

बीच में ही बात काटकर कमला दत्त के चेहरे को देखकर अचानक आह्लादी मासी मां ने कहा, "ओ मां, तेरा चेहरा इतना भारी क्यों हो रहा है? क्या हुआ है?"

कमला दत्त ने कहा, "होगा क्या मासी मां, स्कूल के झंझटों के मारे जान आफत में है।"

मासी मां ने गाल पर हाथ रखा। बोलीं, "ओ मां, कहती क्या है! सुन-सुनकर मुझे जलन होती है। सच, मेरी तरह हर साल एक होता तो पता लगता। मुझे दे दे न अपना स्कूल, मुझे छुट्टी मिले। देख न, कितना दिन निकल आया, अभी तक एक बार चाय भी नहीं मिली है!"

आह्लादी मासी मां के बाद जच्चाघर में मानू गई। रसोई में मझली नानी कहने लगीं, "देख न बेटी, क्या दुर्भाग्य है! अपना तो एक भी नहीं हुआ, दूसरों के बच्चे पैदा कराते-कराते जिन्दगी बीत गई।"

उस दिन भी कमला दत्त अपने दफ्तर में बैठी थी। अचानक आदिनाथ

दरवाजे से अन्दर आया।

नजर जठाकर कमला दत्त ने कहा, "सुकुमारी को लेने आए हैं?"

आदिनाथ ने कहा, "हां, अचानक उसका तार पाकर मैं तो अवाक् रह गया।"

कमला दत्त ने कहा, "लेकिन क्या आज ही जाना जरूरी है? मेरा तो कहना है कि वह और भी कुछ दिन यहां रहती तो अच्छा था। सेक्रेटरी को मैं खुद समझाने की कोशिश करती।"

आदिनाथ ने जरा चुप रहकर कहा, "मैं कैसे कहूं! आप जो ठीक समझें, करें।"

"देखिए, उस दिन मैंने इतना कहा था, ए. आर. पी. कक्षा में हाजिर रहना जरूरी है, लेकिन मेरी बात नहीं सुनी। सेक्रेटरी ने इस पर सख्त कदम उठाया। बोले, 'इस तरह होने से कोई भी नियम-अनुशासन नहीं मानेगा।' "

आदिनाथ ने इस बार कमला दत्त की ओर सीधे होकर देखा। बोला, "यह तो बहाना है, असली कारण तो दूसरा है।"

कमला दत्त जैसे चकित हो गई, "वह क्या? असली कारण और क्या है?"

आदिनाथ ने कहा, "असली कारण तो आपको लेकर उस दिन घूमने जाना और फिर सेक्रेटरी का देखना था। यह आप भी अच्छी तरह से जानती हैं।"

कनला दत ने कौरस नजर झुका ली फिर बोली, "न-न, यह आपकी गलत धारणा है।"

आदिनाथ ने कहा, "नहीं, धारणा मेरी ठीक है। इसके लिए उत्तरदायी सुकुमारी नहीं है, आप भी नहीं हैं, सेक्रेटरी भी नहीं हैं—असल में गलती मेरी है, यह भी मालूम है। लेकिन उस दिन क्या मैंने सच में कोई गलत काम किया था, जिसके कारण एक तीसरे व्यक्ति को दण्ड मिल रहा है?"

कमला दत्त ने नजर झुकाए ही कहा, "नहीं-नहीं, आप गलत मत सोचिए। और इसीलिए मैं आपसे कह रही हूं कि आप उसे आज मत ले जाइए। दो-एक दिन छोड़ दीजिए। देखूगी, क्या कर सकती हूं।"

"कोशिश कर सकती हैं, लेकिन मुझे नहीं लगता कि कुछ फल निकलेगा।"

"ऐसा क्यों सोच रहे हैं, सुफल भी हो सकता है।"

"अगर हो तो अच्छा ही है। सुकुमारी पराये घर में गले पड़ी आफत की तरह है। यहां तब भी आराम में थी। आपका स्नेह मिला, वह आपका नाम लेते पागल है; लेकिन बीच में मैंने आकर सब गोलमाल कर दिया..."

फिर जरा रुककर कहा, "उस दिन शायद आपको भी मेरी वजह से लांछना सहनी पड़ी।"

कमला दत्त ने कहा, "ऐसा मत कहिए। छी:, लांछना तो मुझे वैसे भी रोज सहनी पड़ती है। आज तक किसी भी दिन सेक्रेटरी ने प्रशंसा नहीं की। उनसे अपनी निन्दा के सिवाय और कुछ भी नहीं सुना।"

आदिनाथ हंसा। कहा, "वह आशा भी मत कीजिए, प्यार दिखलाने का हर एक का एक ही ढंग तो नहीं है न!"

कमला दत्त चुप रही। कुछ भी नहीं कहा।

आदिनाथ ने जरा देर बाद धीमे स्वर में कहा, "सुकुमारी के साथसाथ शायद हुगली जिले से मेरा सम्पर्क खत्म हो गया। और आऊं भी तो किसलिए? यहां की सारी जगह तो देख ही चुका, अब तो कोई ऐसा कारण रहा ही नहीं।"

कमला दत्त ने इस बार भी कुछ नहीं कहा। थोड़ी देर बाद कहा, "लेकिन मैं आपको वचन देती हूं, मैं वही करूंगी, जिससे उसकी नौकरी रहे। सुकुमारी के यहां से चले जाने पर क्या मुझे ही अच्छा लगेगा! लेकिन एक बात..." कहकर कमला दत रुकी।

"क्या बात? कहिए!"

"वह शायद गुस्से की वजह से मेरे साथ कोई भी सम्पर्क नहीं रखना चाहेगी, लेकिन बाद में जरूरत होगी तो शायद एक अपील करनी होगी। उसकी तरफ से आप अपील कर पाएंगे क्या?"

आदिनाथ ने कहा, "जरूर कर पाऊंगा।"

कमला दत्त ने कहा, "तब आप यदि अपना पता छोड़ जाएं तो बड़ी दया होगी।"

आदिनाथ ने कहा—उस दिन कमला दत्त के चेहरे की ओर देखकर

मुझे लगा, पता लेने का यह कारण तो जैसे बहाना-मात्र था। असल में मैं जो हर शनिवार को वहां जाता था, उसे अच्छा ही लगता था।

कमला दत्त ने तब तक सुकुमारी को बुलावा भेजा।

आदिनाथ ने पॉकेट से कार्ड निकालकर कहा, "घर का नहीं दफ्तर का पता यह है।"

कमला दत्त ने कार्ड पर एक नजर डालकर उसे रख लिया।

अभी भी सुकुमारी आई नहीं थी।

अचानक कौन जाने आदिनाथ को क्या याद आया, उसने जंगले के बाहर देखकर कहा, "उस पुराने गिर्जे की ओर जाने का शायद आपको फिर समय नहीं मिला।"

कमला दत्त ने कोई जवाब नहीं दिया।

आदिनाथ ने कहा, "एक दिन जाकर ही इतनी मुसीबत उठानी पड़ी, इसके बाद शायद उस ओर जाने की सोचेंगी भी नहीं।"

लेकिन कमला दत्त चुप थी।

आदिनाथ और भी कुछ कहने जा रहा था, तभी अचानक आंधी की तरह सुकुमारी कमरे में आई। रोनी-रोनी सूरत। कमला दत्त की ओर एक बार देखा भी नहीं। आदिनाथ के पास जाकर कहा, "जरा बैठो, मैंने सब ठीक करके ही रखा है—बस, जाऊंगी और आऊंगी।"

कमला दत्त ने जरा गम्भीर गले से कहा, "सुकुमारी, आज न जाने से क्या तुम्हारा कोई हर्ज है?"

सुकुमारी जाते-जाते थमककर खड़ी हो गई। फिर कमला दत्त की ओर घूमकर बोली, "लेकिन कमला दी, नौकरी तो चली ही गई है, अब मैं यहां किस मुंह से रहूं?"

कमला दत्त ने आदिनाथ की ओर देखकर कहा, "जरा आप कहिए न, शायद आपकी बात मान जाए।'

लेकिन आदिनाथ को और कुछ नहीं कहना हुआ। सुकुमारी ने ही कहा, "मैं किसी की भी बात नहीं सुनूंगी। कमला दी, यहां अब एक क्षण रुकना भी मेरे लिए अपमान की बात है।"

कहकर दफ्तर से फिर आंधी की तरह ही चली गई।

कमला दत्त ने आदिनाथ से कहा, "आप उसे जरा समझाइएगा। उसका मन काफी खराब हो गया है। आपका पता तो मेरे पास रहा ही, मैं आपको चिट्ठी लिखूंगी।"

आदिनाथ ने कहा, "अगर ऐसा है तो मैं खुद ही आकर आपसे मिल जाऊंगा।"

कमला दत्त ने कहा, "शायद उसकी आवश्यकता नहीं होगी।"

आदिनाथ ने जरा रुककर कहा—इसके बाद सुकुमारी को लाकर उसके मामा के यहां छोड़ दिया। मैं भी अपने धन्धे तथा दूसरे कामों में व्यस्त था। बीच-बीच में सुकुमारी के लिए दो-एक नई जगह दरख्वास्त भेजता; लेकिन मनपसन्द जगह कोई नहीं मिल पाई।

रोज दफ्तर में पहुंचकर सबसे पहले देखता कि हुगली से कोई चिटठी आई है या नहीं। इधर युद्ध धीरे-धीरे आगे बढ़ रहा था। सारे कलकत्ते में ब्लैक आउट था। शहर के ऊपर जापानी कई बार बम भी डाल गए थे। काफी लोग शहर छोड़कर बाहर भाग रहे थे।

हठात् एक दिन कमला दत्त की चिट्ठी मिली।

सुकुमारी ने कहा, "चिट्ठी का जवाब देने की कोई जरूरत नहीं है।"

आदिनाथ ने कहा, "जवाब देने में हानि ही क्या है? वह तो खुद कोशिश कर रही हैं।"

"उनकी कोशिश से कुछ नहीं होगा। सेक्रेटरी के इशारे पर कमला दी नाचती हैं। उस स्कूल में सेक्रेटरी ही सब कुछ हैं।"

फिर भी कमला दत्त के अनुरोध पर आदिनाथ ने एक अपील लिखकर भेज दी।

उस दिन सेक्रेटरी ने कहा, "लेकिन स्कूल के सब नियम-कानून मानने होंगे, उससे मैं इसके लिए लिखित स्वीकृति चाहता हूं।"

कमला दत्त ने कहा, "वह तो एपॉयण्टमेंट के समय हम लोग सभी से हस्ताक्षर करा लेते हैं।"

"तब उसका भार तुम ले रही हो?"

कमला दत्त ने कहा, "दूसरे के घर भार बनकर रहती है, दूर-सम्पर्क के एक मामा के घर। काफी लोगों की ऐसी ही हालल होती है। अचानक नौकरी छूटने पर बड़ी कठिनाई होती है।"

"तो ठीक है।" तब सेक्रेटरी ने कहा, "अगले शनिवार को मीटिंग बुलाओ। देखें, मीटिंग में क्या तय होता है!"

शनिवार को मनीषा सेन ने कहा, "यह आपकी वजह से ही हुआ।"

मीरा ने भी कहा, "सेक्रेटरी को अचानक इतनी दया? आपने शायद सुकुमारी के लिए काफी कहा है।"

इतने दिन तक सभी खूब भयभीत थे। सुकुमारी की तरह ही क्या दूसरी किसीका, और कोई नहीं तो, आदिनाथ तो है। एक पोस्टकार्ड लिखा और चला आया; लेकिन उनका कौन है?

इसके अलावा कलकत्ता दूर ही कितना है! लेकिन क्या दिनाजपुर यहीं है? पाबना क्या यहीं है? खुलना क्या यहीं है? उन सभीके घर कितनी दूर हैं! आएंगे कहकर न आया ही जा सकता है और न जाओ कहकर जाया जा सकता है!

लेकिन सुकुमारी को फिर बुलाया जाएगा, सुनकर जैसे सभीको आश्वासन मिला।

लीला ने पूछा, "कमला दी, चिट्ठी चली गई?"

यहां तक कि कालो की मां को भी पता लग गया। पूछ रही थी, "सूकूमारी दीदीमनि फिर आएंगी! क्यों दीदीमनि?"

रात को, करीब आधी रात के समय किसी-किसी दिन कमला दत्त की नींद खुल जाती। होस्टल में सब सो रहे होते। बगीचे की रातरानी से सारा वातावरण महक रहा होता। दुर किसी के घर के पीछे झुंड के झुंड बांस के पेड़, जैसे घर की छत का सहारा लिए आराम कर रहे थे। तभी कोई पक्षी छत के ऊपर से कं-कं करता उड़ जाला। कमला दत्त भी तकिये को पलटकर फिर से सोने की कोशिश करती।

आह्लादी मासी मां मुंह से थू-थू करके चाय उगल रही थीं, "थू, चाय है न क्या! इतना पैसा खर्च करके खुब आराम मिल रहा है मुझे।"

मानू भी जच्चाघर से निकल आई है। इस बार आई है भानू। भानू ने कहा, दार्जिलिंग से आई हूं कमला दी! आते ही यह आफत! एक के बाद एक तीन बार हो चका! और नहीं चलता इस शरीर से।"

आह्लादी मासी मां कहतीं, "तुम लोग तीन से ही घबरा गईं, मेरे जो..."

मझली नानी खाना पकाते-पकाते बात भी करतीं कहतीं, "राधाकृष्ण हम लोगों के कुलदेव हैं न, उन्हीं राधा की कहानी कहती हूं, सुन! भगवान् तो काशीपुर जाकर तपस्या करने लगे—महामाया की तपस्या। क्या कठोर तपस्या थी वह भी! भूख नहीं, प्यास नहीं, तपस्या करते-करते हजारों साल कब निकल गए, वासुदेव को खबर भी नहीं लगी। फिर..."

"हजार वर्ष क्या कोई रह सकता है?" कमला टोकती।

"रहते हैं री, रहते हैं! वह कोई तुझ जैसे मनुष्यों की बात है? नहीं, यह देवताओं की बात है। हां, तो अन्त में महामाया ने आकर दर्शन दिए। कहा, 'क्या चाहते हो वत्स?'

"वासुदेव ने कहा, 'मुझे सिद्धि चाहिए।'

"महामाया ने कहा, 'सिद्धि तो ऐसे नहीं होती वत्स, कुलाचार के बिना सिद्धि असम्भव है।'"

कमला दत्त बोली, "कुलाचार! कुलाचार क्या मां?"

"कौन जाने बेटी, कुलाचार माने क्या, कथावाचक पंडित जी से सुना था, सो याद है। हां, तो महामाया ने कहा, 'वासुदेव, तुम लक्ष्मी को 'छोड़कर तपस्या कर रहे हो, उस तरह से सिद्धि नहीं मिलने की।'

"तब वासुदेव ने पूछा, 'लेकिन लक्ष्मी मिलेगी कहां?'

"महामाया ने कहा, 'मेरे वक्ष पर ये जो मालाएं हैं, ये मालाएं ही मेरी दूती हैं। इनके नाम हैं, पद्मिनी, चित्रिणी, शंखिनी और हस्तिनी। इनमें से पद्मिनी नाम की माला लेकर ब्रज में जाओ और राधा-राधा नाम लो। हां, तुम मथुरा जाओ वासुदेव, वहां तुम्हें पद्मिनी मिलेगी और सिद्धि भी।' वह वासुदेव ही तो कृष्ण हैं!"

कहते-कहते मझली नानी देगची में दाल चलाने लगीं।

कमला दत्त ने कहा, "रुक क्यों गईं, फिर वासुदेव को सिद्धि मिली?"

"मिलेगी नहीं, राधा के साथ कुलाचार क्या मजाक है! राधा-कृष्ण ही

क्यों, तैने इतना, पढ़ा-लिखा है, लेकिन क्या सिद्धि मिलेगी तुझे? नहीं, तेरा कुलाचार जो नहीं हुआ है।"

हां, तो चिट्ठी पाते ही बोरी-बिस्तर लेकर सुकुमारी फिर हाजिर हो गई। साथ हमेशा की तरह था आदिनाथ। कमला दत्त ने कहा, "मुझसे गुस्सा थी न? बाबा, क्या क्या गुस्सैल लड़की है!"

गाड़ी की थकी सुकुमारी झटपट अन्दर चली गई।

आदिनाथ भी जा रहा था। जाते-जाते एक बार रुका। बोला, "आपके कारण ही सुकुमारी की नौकरी बची है। उसकी ओर से धन्यवाद देता हूं।"

हंसकर कमला दत्त ने कहा, "अब तो आपको फिर हर शनिवार को यहां आना होगा। अब तो और टाल नहीं पाएंगे।"

"लेकिन शनिवार को तो आप लोगों की ए० आर० पी० कक्षा होती है?"

"वह कक्षा खत्म हो गई है, लड़कियों ने सीख लिया।"

"चलो, आफत टली! लेकिन आपने यह क्या कहा? शनिवार की शनिवार आने में क्या मुझे कष्ट होता है?"

कमला दत्त ने नजर झुकाकर कहा, "कष्ट आपको नहीं होता, यह मुझे मालूम है।"

वह क्या जानती और क्या नहीं जानती, यह प्रश्न मैंने फिर उस दिन नहीं उठाया। लेकिन धीरोदात्त नायक और शंखिनी नायिका के विचित्र सम्पर्क के बीच जब मैं राह की तरह आ गया और मुझे वहां से हटाना परम आवश्यक हो गया है, इसका प्रमाण दो दिन बाद ही मिल गया।

जो सूर्य रोज उदय और अस्त होता है, उसे हम देखकर भी नहीं देखते। उसे जैसे ऐसा करना ही चाहिए, क्योंकि वह हमारे लिए आवश्यक है और हमारा अधिकार है। हम लोगों के लिए हमारी आवश्यकता ही मुख्य है। सूर्य का उदय-अस्त होना जैसे गौण है।"

लेकिन एक होता है सूर्य-ग्रहण, क्यों कि वह व्यतिक्रम है और इसलिए वह हम लोगों को खटकता है।

कमला दत्त के जीवन में भी जिस दिन पहला सूर्य-ग्रहण लगा, जिस दिन मिथुन लग्न आई, उस दिन राममोहन सेन के खटका लगा, बोले—यह

ठीक नहीं है, बेकायदा बात है। उनकी योजना पर आंच आए, यह बर्दाश्त के बाहर है, असम्भव है, राहू का विनाश करना ही होगा।

लेकिन राममोहन ठहरे धीरोदात्त नायक, इसलिए उन्होंने धीर और उदात्त रास्ता ही अपनाया।

इसके बाद गुजरे ही कितने दिन थे। अच्छी तरह से ठीक-ठीक भी नहीं हआ था। एक दिन सेक्रेटरी ने खुद ही बुला भेजा।

सभी अवाक् थे। सेक्रेटरी के यहां की नौकरानी बुलाने आई थी। सुकुमारी बसु बंगला की शिक्षिका, उसे बुलाया है।

मीरा ने कहा, "अरे, सुनने में भूल हुई होगी, सुकुमारी नहीं कमला दी को बुलाया होगा।"

मनीषा सेन ने कहा, "हां-हां, कमला दो को ही। सेक्रेटरी सुकुमारी को क्यों बुलाने लगे?"

फिर भी सुकुमारी ने पूछा, "ठीक से सुना है, मेरा ही नाम लिया था?"

नौकरानी ने कहा, "हां दीदीमनि, आपको ही। बड़ी दीदीमनि क्या मैं पहचानती नहीं हूं? दत्तबाड़ी के साय-आठ बच्चों को पाल-पोसकर बड़ा किया है। मैं क्या नहीं पहचानती!"

कमला दी बाथरूम गई थी। आते ही सुकुमारी ने पूछा, "सेक्रेटरी मुझे क्यों बुला रहे हैं कमला दी?"

सब सुनकर कमला दी ने कहा, "बुलाया है तो जाओ, जरूर कोई काम होगा।"

सुकुमारी ने कहा, "आप साथ चलिए न!"

"न, वह अच्छा नहीं लगेगा। तुम्हें बुलाया है, तुम्हीं जाओ। डर की कोई बात नहीं है, खूब अच्छे आदमी हैं। लगता है, शायद उसी मामले को लेकर बुलाया है, और क्या।"

सेक्रेटेरी ने उस दिन कमला दत्त से कहा था, "इस बार उसे सावधान कर दिया है न!

कमलादत्त ने कहा, "मैंने तो कह ही दिया है। आप भी तो एक दिन बुलाकर कह दीजिएगा, आपकी बात जरा अच्छी तरह से सूनेगी।"

सेक्रेटरी ने सिर्फ कहा, "ठीक है, मैं ही कह दूंगा। किसी दिन मेरे पास ही भेज देना।"

आदिनाथ ने कहा, मनुष्य बाहर से कितना झूठा होता है, उसी दिन पता लगा। इस पर भी हम लोग बाहर से देखकर ही तो मनुष्यों के बारे में अपनी राय बनाते हैं। बाहर जो सम्पन्न दीखता है, अन्दर शायद उससे दरिद्र कोई नहीं होता। बाहर से जिसको सच्चा मानते हैं, वास्तव में उसके मिथ्याचार की कोई तुलना नहीं की जा सकती।

लेकिन इसपर भी दुनिया इसी तरह चल रही है, और भी न जाने कितने दिनों तक चलती रहेगी।

मैंने कहा, यह तो काफी पुरानी बात है।

हो पुरानी बात। पुरानी है, क्या इसीलिए उसे एकदम भूल जाना चाहिए, ऐसा तो कोई नियम है नहीं शायद। इसके अलावा मेरे जीवन में, सुकूमारी के जीवन में और कमला दत्त के जीवन में इसी पुराने सत्य ने एक नया संकट खड़ा किया था।

आदिनाथ ने फिर कहा, तुम तो काफी दिन पहले कलकत्ता छोड़कर चले गए थे और मैं भी व्यापार के लिए आसाम के जंगलों में काफी दिन खाक छानता फिरा हूं। यह मैं आज दृढ़ता के साथ कह सकता हूं कि मनुष्य के बारे में मेरी जानकारी तुमसे कहीं ज्यादा है। औरतों के बारे में तो हमेशा से ही थी, अब आदमियों के बारे में भी हो गई। पहले जो व्यापार करता था, वह तो शौक के लिए। जेब-खर्च निकल जा ना ही काफी था। उस रुपये से कभी किसी के लिए साड़ी खरीद देता, किसी का गहना, तो किसी को और कोई उपहार। उस समय उम्र कम थी। जिम्मेदारी भी कम थी। जो पाया, उसीसे गुजर हो जाती थी। सोचता, इतना ही काफी है। और जरूरत नहीं है।

लेकिन अब? अब तो सब बदल गया है। ट्रेन में जब बैंडिल स्टेशन से गुजरता हूं तो दूर से ही उस बड़े पीपल के पेड़ की ओर ताकता रहता हूं। वह अभी भी उसी तरह खड़ा है। युद्ध के बाद सभी कुछ बदल गया है। घोड़ागाड़ी है, लेकिन एक-आध ही। अब वहां झुण्ड के झुण्ड साइकल-रिक्शा खड़े नजर आते हैं। सब कुछ नया-नया-सा लगता है। अथवा हो सकता है, मेरी नजर में

ही कुछ फर्क आ गया है।

सुकुमारी आजकल अपने बच्चों में ही फंसी रहती है। कभी-कभी पूछती है, कमला दी के बारे में कुछ जानते हो?

वाकई हम कमला दत्त को एकदम भूल गए थे। शायद बैंडिल स्टेशन के वे गाड़ीवान भी आजकल कमला दत्त को नहीं देख पाते। वहां का हुगली गर्ल्स स्कूल शायद कॉलेज हो गया था, लेकिन फिर यूनिवर्सिटी नहीं हो पाया। हां, सुकुमारी आज भी कमला दी को याद करती है। कमला दत्त! ऐसी श्रद्धा और किसी के लिए भी उसके मुंह से नहीं सुनी।

सच, उसे आज भी सब कुछ याद है।

सेक्रेटरी के घर से सीधी बोडिंग नहीं आई सुकुमारी।

गाड़ीवान को गाड़ी दूसरी ओर घुमाकर ले चलने को कहा। पोर्चुगीज चर्च के पास पहुंचते ही वही मस्तूल नजर आया। सुकुमारी उसीकी ओर देख रही थी एकटक। गाड़ी धीरे-धीरे चल रही थी। मस्तूल की ओर देख-देखकर सुकुमारी न जाने क्यों अनमनी-सी हो रही थी।

एक दिन आदिनाथ से ही सुनी थी उस मस्तूल की कहानी। बात बहुत दिन पहले की है। 1631 का अक्तूबर महीना। सम्राट् शाहजहां पोर्चुगीजों पर नाराज हो गए थे। सालाना खिराज नहीं देते थे, जनता को जोर-जबर्दस्ती करके ईसाई बनाते थे, किसानों को पकड़-पकड़कर उनसे गुलामी करवाते थे। और भी न जाने क्या-क्या। शाहजहां ने कासिम खां को भेजा। कासिम खां ने आकर साढ़े तीन महीने तक युद्ध किया। शहर को तोड़-फोड़कर एकदम नष्ट कर डाला और असंख्य पोर्चुगीज लोगों को कैदी बनाकर आगरा ले गया।

लेकिन इतना सब होने पर भी पोर्चुगीज को फिर भी जमीन मिली, जमींदारी मिली और वह भी खुद संम्राट् से—क्यों? सिर्फ एक आदमी के कारण। वह थे—'फादर डी-क्रूज'।

लोग कहते—हम लोगों के पादरी साहब साक्षात् अवतार हैं।

इधर कासिम खां के हमले से गिर्जा-विर्जा सब टूट-फूटकर खंडहर हो गए थे। गिर्जा के अन्दर थी वर्जिन मेरी की एक पाषाण-प्रतिमा। लोग वर्जिन मेरी को गुरु-मां कहते थे। उन्हीं गुरु-मां को गोद में लेकर साहब का एक सौदागर

मित्र गंगा में कूद पड़ा था; लेकिन अंत में हठात् डी-क्रूज साहब पकड़े गए। उन्हें मैदान में लाया गया। हुक्म हुआ कि फिरंगी साहब को पागल हाथी के सामने हाथ-पांव बांधकर डाल दो। इसने बहुत-से लोगों को ईसाई बनाया है।

एक पागल हाथी भी लाया गया, लेकिन पादरी साहब को देखकर न जाने उसकी मति खराब हुई या ठीक—पादरी साहब का बाल भी बांका नहीं हुआ। सिर्फ घुटनों के बल बैठकर हाथी फादर के ऊपर से सिर्फ सूंड फिराने लगा।

आश्चर्य सुना जरूर था, लेकिन देखा आज ही।

लोगों ने नारे लगाए—पादरी साहब साक्षात् अवतार हैं।

वास्तव में अवतार ही थे। भक्त प्रह्लाद के दूसरे अवतार। चारों ओर से 'हरि बोल, हरि बोल' की आवाजों से वातावरण जैसे गूंजने लगा।

उदर बादशाह के आदमियों की आंखें भी जैसे फटी पड़ रही थीं। उन लोगों ने साहब को छोड़ दिया। केवल इतना ही नहीं, गिर्जे की सारी जमीन भी लौटा दी। फिर गिर्जे की प्रतिष्ठा हुई। लेकिन गुरु-मां कहां हैं?

गुरु-मां आईं दूसरे दिन। हठात् रात को आंधी-पानी शुरू हो गया था। हृदय कंपाती बिजली गिरी, गंगा में समुद्र जैसी ऊंची-ऊंची लहरें उठने लगीं। उस आंधी-पानी में भी गंगा न जाने किस रोशनी से जग मगा रही थी। दांतों-तले उंगली दबाए सभी ने देखा, गंगा के बीच से पादरी साहब गुरु-मां को लिए आ रहे हैं।

तभी से गुरु-मां की ख्याति बढ़ गई। गुरु-मां की मानता मानने से निःसन्तान को सन्तान मिलती। कैसा भी रोग हो, गुरु-मां का नाम लेते ही साफ। किसी का लड़का खो गया है, गुरु-मां की मानता मानो; दूसरे ही दिन घर लौट आएगा।

इस घटना के काफी दिन बाद समुद्र में एक दिन बड़े जोर का तूफान आया। कई जहाज फंस गए थे। सभी ने जान की आशा छोड़ दी थी और जल-समाधि के लिए अपने को तैयार कर रहे थे। तभी एक जहाज के कप्तान ने मानता मानी, यदि जहाज बैंडिल घाट तक सकुशल पहुंच गया, तो अच्छी तरह से गुरु-मां की पूजा करेंगे।

और आश्चर्य! तूफान रुक गया। जहाज भी बैंडिल आ पहुंचा; लेकिन कप्तान साहब पूजा करें तो किस चीज से! कुछ न पाकर जहाज का मस्तूल ही उठाकर ले आए।

यही है वह मस्तूल।

गाड़ी मस्तूल वाली जगह पीछे छोड़ दूसरी ओर जा रही थी।

सुकुमारी को काफी दिन पहले की बातें याद आने लगीं।

ग्रीष्मावकाश से पहले जिस दिन यह आदिनाथ के साथ कलकत्ता जा रही थी, आदिनाथ ने कहा था, "अब तो एक महीने बाद ही बैंडिल आना होगा।"

इसपर सुकुमारी ने कहा था, "पता है—कमला दी ने लेकिन छुट्टियों में भी एक दिन आने को कहा है। सभी तो चले जाएंगे, अकेली पड़ जाएंगी बेचारी। आओगे न एक दिन?"

आदिनाथ ने कहा, "तुम तो रहोगी नहीं, फिर मैं क्यों इतनी तकलीफ उठाऊं?"

"लेकिन आते तो कमला दी खूब खुश होतीं।"

"सच!"

"नहीं तो क्या झूठ!"

"तुम्हारी कमला दी की खुशी से मुझे क्या लेना-देना है!"

इसके बाद एक दिन छुट्टियों में सुकुमारी ने पूछा, "तुम शनिवार की शनिवार कहां जाते हो?"

आदिनाथ ने हंसकर कहा, "तुम्हारी कमला दी के पास।"

उस दिन सुकुमारी ने वह बात हंसकर ही उठाई थी। सोचा था, आदिनाथ मजाक कर रहा है। बोली, "कमला दी के पास तुम्हारी दाल नहीं गलने की। वह ऐसी-वैसी औरत नहीं हैं।"

"क्यों, तुम्हारी कमला दी क्या शेर-चीता हैं?"

"शेर-चीते से भी ज्यादा, जाने पर बात भी नहीं करेंगी, बाहर से ही भगा देंगी।"

आदिनाथ ने कहा, "चलो, एक बार वह भी सही। अभी तक किसी औरत से नहीं हारा, एक बार देखूं, हारकर कैसा लगता है।"

सुकुमारी ने कहा, "हारने की बड़ी इच्छा है न! लेकिन तुम कमला दी को शायद पहचानते नहीं हो। हम लोग इतने दिन साथ रहे हैं, फिर भी मैं उन्हें ठीक से नहीं जान पाई। एक साथ एक जगह रहकर भी कभी पैर की एड़ी से

ऊपर की पिंडली तक नहीं देख पाई। कभी किसी बात में भी दुर्बलता नहीं देखी। कमला दी का विचार छोड़ दो।"

और आज? अकेली गाड़ी में बैठी सुकुमारी प्रायः रो ही पड़ी। कौन जानता था कि कमला दी इस तरह उसका सारा विश्वास, सारी श्रद्धा धूल में मिला देंगी। और कोई भी हो, लेकिन कमला दी के साथ वह प्रतियोगिता में कैसे जीत सकती है!

सेक्रेटरी ने पूछा था, "हर शनिवार को क्या तुम घूमने कलकत्ते जाती हो? शनिवार को कोई तुम्हें लेने आते हैं? उन्हीं के साथ तुम्हारी शादी होगी?"

सेक्रेटरी के साथ बैठकर अकेले बात करने का उसके लिए आज पहला ही मौका था। हर प्रश्न के उत्तर में वह सिर्फ हां-हां करती जा रही थी।

तभी सेक्रेटरी ने कहा, "तुम क्या अपना भला चाहती हो?"

सुकुमारी ने इस बार भी हां की।

"तब क्या तुम्हें पता है, गर्मी की छुट्टियों में जब तुम नहीं थीं, तब भी वह हर शनिवार को वहां आते थे और गाड़ी में चढ़कर कमला दत्त के साथ घूमने जाते थे?"

डाक-घर के सामने गाड़ी पहुंचने पर सुकुमारी ने प्रायः चीखकर कहा, "रुको, रुको यहां।"

गाड़ी रुकते ही सुकुमारी डाक-घर में गई।

अन्दर जाकर बोली, "एक टेलीग्राम फॉर्म तो दीजिए।"

आदिनाथ ने कहा—वह टेलीग्राफ मुझे मिला शाम को। देखकर हैरान रह गया। फिर क्या आफत आई! रात को तो कोई गाड़ी नहीं थी। होने पर भी लौटता कैसे! दूसरे दिन सुबह की ट्रेन से गया। जाकर देखा, प्लेटफॉर्म पर सुकुमारी अकेली खड़ी प्रतीक्षा कर रही है।

सुकुमारी बोली, "चलो, अभी चलो।"

"कहां?"

आदिनाथ को लगा, जैसे सुकुमारी जोर-जोर से सांस ले रही थी, जैसे सारी रात सोई नहीं हो।

आदिनाथ ने एक बार पूछा, "आखिर कहां चल रही हो?"

सुकुमारी ने इस बात का कोई उत्तर नहीं दिया, सिर्फ कहा, "मैं अब एक दिन की भी देर नहीं करूंगी—एक क्षण भी नहीं ठहर सकती।"

फिर गाड़ी करके उस पुराने गिर्जे के पास पहुंचे।

सुकुमारी ने कहा, "उतरो यहां।"

"यहां क्यों?"

सुकुमारी ने इस बार भी कोई उत्तर नहीं दिया। सीधी उस मस्तूल के पास ही जाकर रुकी। फिर कहा, "इस मस्तूल पर हाथ रखो, और उस देवी की ओर देखकर कहो—सब साक्षी हैं कि..."

आदिनाथ ने कहा—उसके बाद भाई, हिन्दू होकर भी, ईसाई गिर्जे के उस मस्तूल को छकर वर्जिन मेरी को साक्षी कर प्रतिज्ञा की कि सुकुमारी से ही शादी करूंगा। उस प्रतिज्ञा को सुनकर कहीं सुकुमारी को जरा आश्वासन मिला। और उसके बाद ही फूट-फूटकर रोने लगी। कहा, "कमला दी का जीवन में सबसे अधिक विश्वास करती थी। सबसे अधिक श्रद्धा करती थी। उनसे मैंने कभी भी कोई बात छिपाई नहीं। वही कमला दी मेरे रास्ते का कांटा बनीं।"

तब भी मैं कुछ नहीं समझ पा रहा था। बोला, "क्यों, कमला दी ने तुम्हारा क्या किया?"

सुकुमारी ने और भी रोते-रोते कहा, "गर्मी की छुट्टियों में तुम यहां नहीं आए थे? कमला दी को लेकर घूमने नहीं गए थे?"

वहां आदिनाथ थोड़ा रुका। फिर कहा—समझ गया कि वह बात खुल गई है, लेकिन जिसके द्वारा भी हो, कम से कम कमला दी के द्वारा तो नहीं ही।

फिर बोला—जो भी हो, यह प्रसंग सुकूमारी का है। इसलिए संक्षेप में ही कहूंगा। सुकुमारी सिर्फ इतने से ही मानी हो, ऐसा नहीं। दक्षिणेश्वर जाकर एक दिन मां काली के सर पर हाथ रख प्रतिज्ञा कराके छोड़ा कि उसी से शादी करूंगा। वैसे मेरे लिए इस प्रतिज्ञा का कोई विशेष मूल्य नहीं था कि इसे न मानकर मुझे बहुत बड़ा पाप लगेगा; लेकिन सुकुमारी ने इसके बाद जो कांड किया, वही भयानक था। और उसके लिए जिम्मेदार और कोई नहीं—सिर्फ कमला दत्त ही थी।

सुकुमारी ने कहा, "देख रही हूं, संसार में अब किसी का भी विश्वास नहीं है।"

कमला दत्त इस सबके बारे में कुछ भी नहीं जानती थी। वह कहती, "सुकुमारी, तुम मेरे ऊपर क्यों नाराज होती हो? मैंने तुम्हारा क्या बिगाड़ा है।"

सुकुमारी कहती, "मैंने इतना विश्वास किसीपर नहीं किया, जितना तुमपर।"

कमला दत्त हंसती। कहती, "विश्वासघात का कौन-सा काम किया है, खोलकर कहो न?"

केवल कमला दत्त ही नहीं, सुकुमारी का परिवर्तन देखकर सभी अवाक् हो गए थे। ऐसी तो वह नहीं थी। हर बात में खिट-खिट। बिना बात जैसे कमला दी से लड़ने को तैयार रहती।

कमला दत्त कहती, "तुम्हारी कक्षा की लड़कियां आज इतना शोर मचा रही थीं सुकुमारी!"

सुकुमारी कहती, "छोटे बच्चे जरा शोर मचाते ही हैं।"

"तो क्या तुम चुप नहीं करा सकती हो? दूसरी लड़कियों का हर्ज होता है।"

"हो न, सभी तुम्हारी तरह मनहूस तो हो नहीं जाएंगे न!"

शनिवार की रात को होस्टल आते ही कमला दत्त ने पूछा, "आज कहां-कहां गए तुम लोग?"

सुकुमारी आर्गे होकर कहती, "आपकी तो ईर्ष्या से छाती फट रही होगी। आप किस मुंह से पूछ रही हैं?"

कमला दत्त अवाक हो जाती। कहती, "ईर्ष्या! ईर्ष्या क्यों होगी मुझे? मेरी तो कुछ समझ में नहीं आता सुकुमारी!"

केवल खिटखिट स्वभाव ही नहीं, चेहरा भी न जाने कैसा हो गया है। पेट भरकर खाती नहीं है। खा ही नहीं पाती। बैठती है और उठ जाती है। कहती है, "कुछ अच्छा नहीं लग रहा।"

फिर हठात् बाथरूम से ओ-ओ की आवाज आती।

कमला दी कहती, "बाथरूम में इतना भात कहां से आया?"

मनीषा सेन कहती, "कल सुकुमारी ने के की थी। आपको नहीं पता कमला दी।"

कमला दत्त के लिए यह नई बात नहीं थी। सेक्रेटरी के यहां मानू, आह्लादी मासी मां सभी को तो देखा है। जच्चा वाला कमरा साल में एक दिन

भी खाली नहीं रहता। कमला दत्त ने लक्ष्य किया, सुकुमारी की आंखों के नीचे कालिमा छा गई थी। उसे कैसा एक सन्देह हुआ।

मझली नानी की बात याद आई—कुलाचार के बिना क्या सिद्धि मिलती है? महामाया की दूती ने ब्रज में आकर राधा नाम रखा और कृष्ण ने मथुरा जाकर उसके साथ कुलाचार किया—तभी तो उन्हें सिद्धि मिली! और मेरा भी क्या नसीब है बेटी, दूसरे के बच्चे जनाते-जनाते ही जिंदगी गुजर गई!

सेक्रेटरी उस दिन दरख्वास्त का नाम सुनते ही बिगड़ गए।

"नहीं-नहीं, इस समय किसीको छुट्टी नहीं दी जाएगी। कुछ ही दिनों बाद वार्षिक परीक्षा है। इसके अलावा अभी कोर्स भी पूरा नहीं हुआ है।"

कमला दत्त ने सिफारिश की, "इसकी तो छुट्टी बाकी है। इसके अलावा उसने वचन दिया है कि एक महीने के बाद चली आएगी।"

"छुट्टी बाकी हो या नहीं, इस समय छुट्टी नहीं मिल सकती।"

"लेकिन उसकी तबीयत खराब है।"

इस बार सेक्रेटरी को कुतूहल हुआ, "किसकी तबीयत खराब है? किसकी? नाम क्या है?"

कमला दत्त ने कहा, "सुकुमारी बसु, बंगला टीचर।"

नाम सुनते ही पता नहीं क्यों सेक्रेटरी अचानक दयालु हो उठे। बोले, "सुकुमारी बसु! पहले क्यों नहीं कहा? एक महीने में अगर नहीं ठीक हो, तो दो महीने की छुट्टी दो न!"

कहकर झट से हस्ताक्षर कर दिए, जरा भी मुश्किल नहीं हुई। कमला दत्त को बड़ा आश्चर्य हुआ।

स्कूल में आजकल और भी काम बढ़ गया है। चारों ओर राजगीर, मजदूर लगे हैं; ईंट, चूने और बालू के पहाड़। बांस की सीढ़ी से मजदूर सिर पर रख-रखकर ईंटें ढो रहे थे। गिट्टी तोड़ने की आवाज से जैसे कान फटे जा रहे थे। फिर भी कमला दत्त को कोई विरक्ति नहीं, क्लान्ति नहीं। मजदूरों के जाने पर जाकर खड़ी होती और इमारत पूरी होने पर कैसी लगेगी, इसी बात की कल्पना करती।

आह्लादी मासी मां के लड़का हुआ है और मानू के लड़की। मां-बेटी

बैठी-बैठी चाय पीती और सामने आकाश की ओर पांव फेंकते-खेलते दो महीने के मामा-भांजी।

आह्लादी मासी मां कहतीं, "इस बार तो कमला बेटी को भी बच्चा होगा।"

कमला दत्त के दोनों कान लाल हो जाते। कहती, "छीः मासी मां, क्या कह रही हैं!"

मासी मां इसपर कहतीं, "हां, तेरा तो सब कुछ वह स्कूल ही है; आदमी, पूत जो कुछ है, वह स्कूल ही है।"

कभी-कभी कमला दत्त के मन में आता, पुराने गिर्जे की सीढ़ियां चढ़कर जरा उस चबूतरे को देख आए। वह नाम क्या अभी भी वैसे ही लिखा है, इतने पानी, धूप और ठंड के बाद भी? लेकिन समय नहीं मिलता। काम भी क्या कुछ कम है?

शनिवार को आदिनाथ फिर आया। ट्रेन लेट थी, आने में जरा देर हो गई।

कमला दत्त ने कहा, "इतनी देर से आए हैं, सुकुमारी कब से आपके लिए सजी-धजी बैठी है।" कहकर सुकुमारी को बुलवाया। और कुछ तो कहने को था नहीं।

फिर भी आदिनाथ ने कहा, "इस बार बैंडिल आने का कौन-सा बहाना बनाऊंगा, वही सोच रहा हूं।"

कमला दत्त ने नजर झुकाए, काम करते-करते कहा, "इस बार शायद

बहाना खोजने पर भी नहीं मिलेगा। और इसके अलावा शायद आपको यहां आने की आवश्यकता भी नहीं होगी।"

आदिनाथ जाने क्या उत्तर देने जा रहा था कि हठात् सुकुमारी लाव-लश्कर लिए आ गई। आते ही आदिनाथ से बोली, "चलो।"

कमला दत्त ने आदिनाथ से कहा, "एक महीने बाद फिर सुकुमारी को पहुंचा रहे हैं न?"

उत्तर दिया सुकुमारी ने, कहा, "आशीर्वाद करो कमला दी, जिससे फिर कभी भी आपके पास न आना पड़े। इस तरह अपना चेहरा न झुलसवाना पड़े।"

आदिनाथ अचानक तमक उठा; लेकिन कमला दत्त ने कोई जवाब नहीं दिया। प्रशान्त हंसी में सब कुछ सहना ही जैसे उसका काम हो।

आदिनाथ बाहर जाकर फिर लौटा। हाथ जोड़कर बोला, "उसकी ओर

से मैं ही आपसे क्षमा मांग लेता हूं कमला देवी, आप इस पर ध्यान न दीजिए।"

मैंने पूछा—फिर?

आदिनाथ ने कहा—इसके बाद हम दोनों कलकत्ते चले आए, और कुछ ही दिनों बाद हम लोगों को शादी की रस्म भी पूरी करनी पड़ी। शायद शादी इतनी जल्दी नहीं होती, लेकिन कमला दत्त के लिए ही सुकुमारी ने इतनी बड़ी जोखिम ली, यह भी जानता था। और मेरी एक मिनट की असावधानी से ही यह सम्भव हुआ, यह भी स्वीकार करता हूं। जो भी हो, हर परिस्थिति के लिए मैं तैयार ही था। अपने घरवालों से भी अलग हो गया, लेकिन वह अलग बात है। कमला दत्त को लेकर जो कहानी है, अब वही कहूं।

शादी पर निमंत्रण भेजने के समय सूकुमारी ने कहा, "कमला दी को सबसे पहले निमंत्रण भेजना होगा। उन्हें सबसे पहले चिट्ठी भेजो।"

नये घर में भी एक छोटे-से उत्सव का आयोजन किया गया।

मनीषा दी, मीरा दी, माधुरी दी, इला दी, शिखा दी—सभी आई थीं उस दिन। नहीं आई सिर्फ कमला दत्त।

सुकुमारी ने पूछा, "कमला दी नहीं आईं?"

मनीषा दी ने कहा, "क्यों, कमला दी तो बीमार हैं, तुझे नहीं पता?"

बीमार! मैं हैरान था। कमला दत्त बीमार है, मैं तो जानता नहीं था। लौकिकता के नाम पर कमला दत्त ने बालियों की एक जोड़ी भेज दी थी। कभी-कभी इच्छा होने पर बॉक्स में से निकालकर सुकुमारी पहनती थी। कमला दी के नहीं आने से जैसे उसकी खुशी आधी ही रह गई।

सुकुमारी ने पूछा, "स्कूल की और क्या खबर है?"

"खबर! खबर और क्या होगी, उसी तरह चल रही है। कॉलेज की इमारत तैयार हो रही है। चारों ओर ईंट, चूने, बालू के पहाड़ लगे हैं। मजदूर काम कर रहे हैं।"

"कमला चुपचाप पड़ी रहती हैं। खुद उठ भी नहीं पातीं। पड़े-पड़े इमारत की खबर पूछती हैं। डॉक्टर-नर्स आ रहे हैं। सेक्रेटरी आकर देख जाते हैं। एक महीने से इलाज में उनका काफी रुपया खर्च हो गया है।"

"लेकिन कमला दत्त को आखिर हआ क्या है?"

वह बात भी उन लोगों ने बतलाई। एक दिन स्कूल की छुट्टी के बाद कमला दत्त गाड़ी से बाहर गई, जैसे प्रायः जाती थी। संध्या हो गई, रात हो गई, लेकिन कमला दत्त का पता नहीं। सब लोग सोच-सोचकर परेशान थे। सेक्रेटरी के घर कमला दत्त कभी-कभी जाती जरूर थी। किसी-किसी दिन वहीं से चाय भी पी आती थी। उसके बाद फिर मासी मां से बात करती और इसी तरह लौटते-लौटते कभी सात-साढ़े सात भी बज जाते। कुछ भी ठीक नहीं रहता।

मनीषा दी ने कहा, "सेक्रेटरी के घर खबर भेजूं? मुझे तो बड़ा डर लग रहा है।"

कालो की मां रात को आठ बजे दौड़ती-दौड़ती आई, बोली, "बड़ी दीदीमनि बेहोश हो गई हैं दीदीमनि, सुना?"

"कहां?"

"सेक्रेटरी के घर।"

"क्या हुआ था?"

"क्या हआ था, यह कोई नहीं जानता था। सेक्रेटरी भी नहीं।" कालो की मां ने कहा।

आह्लादी मासी मां के पास भी खबर पहुंची। सुनकर उनके हाथ-पांव जैसे छाती से चिपक गए। बोलीं, "हैं! जीती-जागती लड़की इस तरह गिर पड़ी—कोई देख भी नहीं पाया? किसीने मुंह में एक घूंट पानी भी नहीं डाला? आंधी नहीं, पानी नहीं, जिससे फिसलन हो! आखिर जवान लड़की गिरी कैसे?"

मानू ने कहा, 'लेकिन कमला दी गिर्जा के पास गई थीं किसलिए? वह तो गोरों की जगह है!"

"कमला बेटी का भी नहीं हुआ...कुलाचार बिना क्या सिद्धि मिलती! मैंने जिस तरह और लोगों को बच्चे पैदा कराए हैं—वह भी उसी तरह स्कूल लेकर ही गई..."

सेक्रेटरी के घर उस समय गिर्जा के बूढ़े पादरी साहब भी खड़े थे। 'घोडागाड़ी का गाड़ीवान भी खड़ा था।

सेक्रेटरी ने पूछा, "फिर? ऐसा क्यों हुआ?"

गाड़ीवान ने कहा, "बड़ी दीदीमनि गाड़ी में चढ़कर गिर्जा के बगीचे घूमने

गई थीं। एक घंटे तक जब नहीं लौटी तो मैंने पादरी साहब को खबर दी।"

बाकी पादरी साहब ने समझा दिया। बोला, "बहुत खोजा, लेकिन कहीं नहीं दीख रही थी। अन्त में गार्डेन पार कर सीढ़ी से ऊपर लैंडिंग जाकर देखा—ग्राउण्ड के ऊपर पड़ी है एक लेडी। देखते ही पहचान गया—अपनी हेड मिस्ट्रेस मिस डट्ट।"

सेक्रेटरी भी आश्चर्य में पड़ गये। उस जगह चढ़ी ही क्यों थी कमला दत्त? वहां उसे क्या काम था?

लेकिन कौन देता उस समय इस बात का उत्तर?

इसके बाद तीन दिन तक इसी प्रकार बेहोश पड़ी रही कमला दी। सेक्रेटरी के लड़के-लड़कियों ने दिन-रात एक कर उसकी सेवा की। भानूमानू दोनों के दूल्हे भी आये। वे लोग भी उसके बिस्तर के पास दो मिनट खड़े रहकर कमला दी को देख गए।

मानू के पति ने कहा, "सचमुच, कमला दी स्कूल के बारे में सोचते-सोचते अपने प्राण ही दे डालेंगी।"

भानू के आदमी ने कहा, "घर में ऐसा उदाहरण होते हुए भी तुम लोगों में से किसीने पढ़ाई-लिखाई नहीं की।"

मानू बोली, "बाबा ने क्या हम लोगों को पढ़ाया था कभी, जिससे हम लोग पढ़ते?"

पति ने कहा, "जो पढ़ सकेगा, उसे ही बाबा ने पढ़ाया। इसीलिए उन्होंने इतना पैसा खर्च किया।"

भानू ने कहा, "हम लोग क्या पढ़ते नहीं थे, लेकिन बाबा ने इतनी कम उम्र में हम लोगों की शादी कर दी और शादी होते न होते ही बच्चे!"

मानू ने कहा, "बाबा हम लोगों से ज्यादा कमला दी को चाहते हैं।"

आह्लादी मासी मां ने कहा, "तू ज्यादा बकबक मत कर! याद नहीं है, तेरी शादी में कितना खर्च हुआ था? सिर्फ दहेज ही तो तेरह हजार का था। किस लड़की को कम दिया है, जरा सुनूं मैं भी!"

"कौन-सा जमाई कह सकता है कि उसे कम दिया है? उसका स्कूल ही तुम लोगों की नजर में खटक रहा है!"

फिर कमला के कान के पास मुंह ले जाकर मांसी मां ने कहा, "कमला बेटी, अब कैसी हो?"

लेकिन कहकर ज्यादा देर नहीं रुक पाईं। बोली, "जाऊं, थोड़ी देर कमर सीधी कर लूं जाकर। क्या आफत आई है बेचारी पर!"

तीन दिन बाद कमला दत्त को जरा होश आया। फिर आंखें खोल उसने चारों ओर एक बार नजर घुमाकर देखा।

शाम को कमला दत्त ने कहा, "मैं स्कूल जाऊंगी मासी मां!"

आह्लादी मासी ने गाल पर हाथ रखा, "अभी स्कूल का नाम मत लो। शरीर में जरा जोर आने दो, फिर जाना।"

कमला दत्त ने मुंह से कुछ भी नहीं कहा; लेकिन स्कूल में अभी भी उसे काफी काम पड़ा था। धीरे-धीरे सारी घटना उसके दिमाग में चक्कर काटने लगी। सेक्रेटरी के छोटे लड़के ने बाद में एक दिन कहा, "कमला दी, उस दिन गिर्जा के पास कितने लोग जमा हो गये थे, ओफ्! बैंडिल के करीब सभी लोग वहां जमा थे। सभी पूछ रहे थे, 'क्या हुआ? यह क्या हआ भई?' खबर सुनकर जब मैं पहुंचा तो इतनी भीड़ थी कि मुश्किल से अन्दर जा पाया।"

स्कल आते समय आह्लादी मासी मां ने कहा, "अभी कुछ दिन अधिक काम मत करना, नहीं तो फिर किसी जगह सिर चकराकर गिर पड़ोगी; कोई देख भी नहीं पाएगा।"

इसके बाद फिर हमेशा की तरह ही स्कूल चलने लगा। कॉलेज हआ। नई इमारत बनी। सेक्रेटरी ने और भी रुपया लगाया। स्कूल का नाम और भी बढ़ा। नई-नई अध्यापिकाएं आयीं। सुकुमारी चली गई थी, लेकिन उसकी जगह आई वासन्ती। शिखा दी इस स्कूल को छोड़कर आसनसोल चली गई हैं। वहां उन्हें ज्यादा वेतन मिलता है। इला दत्त की मां मर गई। माधुरी के माई की शादी हो गई। मानू के फिर एक लड़की हुई है, सानू की शादी हो गई है, कलकत्ते में भानू दी के आदमी की भी पटना बदली हो गई। आह्लादी मासी मां और मोटी हो गई हैं। उनके भी फिर बच्चा होने वाला है।

इसी तरह की कितनी ही बातें।

स्कूल लौट आने पर मनीषा सेन ने पूछा, "कमला दी, सच-सच

बतलाओ, वहां क्यों गई थीं, उस चबूचरे पर?"

वासन्ती ने भी पूछा, "सच कमला दी, इतनी जगह रहते वहीं क्यों गयीं आप?"

मनीषा सेन ने कहा, "क्या पता भाई, क्या सोचकर गई थीं। वह बात किसीको नहीं बतलातीं। कितनी ही बार पूछा है, लेकिन किसी भी तरह नहीं बतलातीं।"

लेकिन कमला दी बतलाएं या नहीं बताएं, बात एक दिन खुल ही गई।

उस समय हुगली गर्ल्स स्कूल कॉलेज हो गया था। कॉलेज की लेडी प्रिंसिपल थी कमला दत्त। सारे दिन काम और काम। कोई सीमा ही नहीं थी। आज स्कूल-कमेटी की बैठक है। कल कॉलेज की एजुकेशनकमेटी का एलेक्शन है। वोट, षड्यन्त्र, फाइल और परीक्षा। इसमें पता नहीं कब सारा दिन निकल जाता। सेक्रेटरी के घर और भी ज्यादा जाना पड़ता।

सेक्रेटरी के घर भी काफी परिवर्तन हुए हैं।

आह्लादी मासी मां इसी बीच और भी मोटी हो गई हैं। ज्यादा बाता करने से उनकी सांस उखड़ जाती है। शरीर पर कपड़े नहीं रह पाते। कहती, "शरीर बंधा-बंधा-सा लगता है बेटी!"

फिर कमला दत्त को देखकर कहतीं, "शरीर ता तेरा है बेटी, कैसे रखा बेटी, तैने अपना शरीर!"

वास्तव में कमला दत्त का शरीर है भी ऐसा ही, कहीं से जरा भी बेडौल नहीं।

वह सुडौल शरीर उस दिन सेक्रेटरी ने पहली बार देखा। कमला दत्त फाइल लिए काम दिखलाने आई थी।

सेक्रेटरी ने कहा, "सुना है, सदय बाबू एलेक्शन में खड़े हो रहे हैं?" कमला दत्त ने कहा, "सुना तो मैंने भी है।"

सेक्रेटरी ने कहा, "वह जिससे एक भी गार्जियन का वोट न पाएं, यह व्यवस्था तुम्हें करनी होगी।"

कमला दत्त ने कुछ नहीं कहा।

सेक्रेटरी ने फिर कहा, "अपने आदमियों को छोड़कर कमेटी में बाहर का एक भी आदमी मैं नहीं रखना चाहता हूं—यह तुम्हें बतलाए देता हूं।"

फिर भी कमला दत्त के मुंह से कोई शब्द नहीं निकला। इसके बाद कुछ

देर रुककर बाहर जाने को बढ़ ही रही थी कि हठात् रुक गई।

सेक्रेटरी ने कहा, "कुछ कहना है?"

कमला दत्त ने इस बार नजर उठाकर देखा—सीधी, निष्पलक, निर्भीक दृष्टि। सेक्रेटरी जैसे अवाक् हो गए। कमला दत्त इस तरह तो कभी नहीं है! और तभी उन्होंने देखा, कमला दत्त का सांचे में ढला सुदृढ़, सुडौल, निर्भीक शरीर।

शायद कुछ कहने जा रहे थे, लेकिन उससे पहले कमला दत्त ने कहा, "मुझे छुट्टी चाहिए।"

"छुट्टी"

सेक्रेटरी जैसे एक बार फिर अपने कान से सुनना चाहते थे।

"हां, कुछ दिन की छुट्टी।"

सेक्रेटरी को फिर भी विश्वास नहीं हो रहा था। बोले, "किसे चाहिए छुट्टी, तुम्हें या और किसी को?"

"मुझे ही चाहिए।"

"छुट्टी लेकर कहां जाओगी?"

कमला दत्त बोली, "मेरे लिए जाने की जगह है।"

सेक्रेटरी जरा गम्भीर हो गए। बोले, "बाघ-निसुन्दिपुर? तुम्हारी मां तो मर चुकी हैं। और बाबा, उनका तो कोई पता नहीं है।"

कमला दत्त ने कहा, "नहीं, बाघ-निसुन्दिपुर छोड़कर भी मेरे जाने की जगह है।"

"कहां?"

कमला दत्त बिना कोई उत्तर दिए चुपचाप खड़ी रही।

सेक्रेटरी ने कहा, "बैठो कमला, तुम्हारा दिमाग ठीक नहीं है। शान्ति से जरा देर बैठो।"

कमला दत्त कुर्सी पर बैठ गई।

सेक्रेटरी ने पहले ठंडे होकर ही समझाने की कोशिश की, "कुछ ही दिनों बाद एलेक्शन है। इस समय तुम्हें छुट्टी कंसे दी जा सकती है? तुम्हारे ऊपर ही तो सारा भार है। तुम समझती क्यों नहीं हो?"

कमला दत्त ने कहा, "मुझसे और नहीं होता।"

सेक्रेटरी ने कहा, "मैं तो हूँ, मैं तुम्हारी सहायता करूंगा। जो काम तुमसे नहीं हो, मैं कर दूंगा।"

कमला दत्त फिर भी चुपचाप बैठी रही।

सेक्रेटरी ने कहा, "तुम्हें आराम की जरूरत है, मैं समझ सकता हूं। तुम भी तो मनुष्य हो, केवल मनुष्य ही क्यों, औरत की जात। मशीन को भी आराम की जरूरत होती है; लेकिन इस समय, एलेक्शन के समय!"

कमला दत्त चुप।

सेक्रेटरी ने फिर कहा, "तुम्हें छुट्टी ही तो चाहिए! लेना-बाद में लेना। जहां कहीं जाना हो, जाना—मैं भी तुम्हारे साथ जाऊंगा। तुम्हें अकेले नहीं छोड़ा जा सकता।"

कमला दत्त ने कहा, "नहीं, मुझे अभी ही छुट्टी चाहिए।"

सेक्रेटरी क्षुब्ध हो गए। आखिर इतना साहस कमला दत्त में कहां से आ गया!बोले, "फिर भी तुम्हें छुट्टी चाहिए?"

"हां।"

"कहां जाओगी?"

"कलकत्ते।"

"कलकत्ते! कलकत्ते में कहां?"

कमला दत्त ने कहा, 'सुकुमारी के यहां।"

"सुकुमारी कौन? सुकुमारी बंसु? अपनी बंगला की टीचर?"

"हां, उसकी शादी के समय नहीं जा पाई, इस बार जाना ही हैं। उन लोगों ने नया घर लिया है। मुझे बुलाया है।"

सेक्रेटरी चुप थे। काफी देर तक उनके मुंह से एक शब्द भी नहीं निकला। फिर धीरे-धीरे कहा, "समझ गया; लकिन यह स्कूल, यह कॉलेज...यह सब तो तुम्हारा ही है...इसकी जिम्मेवारी, एक दिन इसकी उन्नति-अवनति, नेकनामी-बदनामी सब तुम्हारे ही ऊपर निर्भर रहेगी। जिस दिन यह और भी बड़ा होगा, देश-विदेश से बड़े-बड़े लोग आएंगे, तब तुम्हारे ही तो नाम की जय-जयकार होगी। सब तुम्हारा आदर करेंगे। मैं कौन हूं, मैं तो कुछ भी नहीं हूं।"

लेकिन कमला दत्त कुछ नहीं बोली।

राममोहन सेन फिर कहने लगे, "अगर यह बात न होती तो और पांच लड़कियों की तरह तुम्हारी भी शादी कर देता, जिस तरह मानू भानू, सानू, पानू—सभी नोन-तेल-लकड़ी लिए दिन काट रही हैं, तुम भी काट देतीं। कुछ भी झंझट नहीं था, आफत नहीं थी।"

कमला दत्त अभी भी चुप थी।

सेक्रेटरी ने कहा, "रात हो रही हैं, अब तुम घर जाओ।"

कमला दत्त उठी। धीरे-धीरे जाने लगी।

सेक्रेटरी ने कहा, "रुको।"

फिर पास जाकर कहा, "सीधे घर जाओगी और कहीं भी नहीं समझों? सीधे घर। तुम्हारा मन ठीक नहीं है।"

इतना ही नहीं, बाहर आकर गाड़ीवान से भी कह दिया, "बड़ी दीदीमनि को सीधेस्कूल ले जाओ और कहीं भी मत रुकना। सीधे स्कूल, समझे?"

गाड़ीवान ने सलाम करके कहा, "अच्छा हुजूर!"

इसके बाद कमला दत्त ने गाड़ी में आकर जंगले-दरवाजे बन्द कर लिए, तब जाकर कहीं निश्चिन्त हुए राममोहन।

उस दिन शनिवार था। ग्रीष्मावकाश हो चुका था। काफी दिन पहले ग्रीष्मावकाश के दिनों ऐसे ही एक शनिवार की बात है। सेक्रेटरी नहीं थे। उस दिन भी ऐसा ही हुआ था। हां, तब कॉलेज नहीं हुआ था। तब जो-जो थे, उनमें से बहुत-से लोग अब नहीं हैं। लेकिन फिर भी सब 'कमला दी, कमला दी' कहते नहीं थकते।

दफ्तर में प्रिंसिपल कमला दत्तबैठी है। सभी छात्र तथा अध्यापिकाएं अपने-अपने घर जा चुकी हैं।

तभी डाकिया आया। रोज ही आता है।

ज्यादातर बेकार चिट्ठियां। कुछ काम की थीं। अचानक एक चिट्ठी की लिखावट देख हृदय धक्-धक् करने लगा।

लिखी थी आदिनाथ ने। तीसरे लड़के के अन्नप्राशन का निमंत्रण।

लिखा था—"किसी बार भी तो आई नहीं, हर बार ही हम लोग आपकी

प्रतीक्षा करते हैं। इस बार जरूर आइएगा—अगर कोई असुविधा हो तो मैं खुद भी लेने आ सकता है।"

अन्त में सुकुमारी ने भी जोड़ दिया था—"कमला दी, अगर इस बार भी नहीं आई, तो समझूंगी कि आप मुझसे नाराज हैं।"

चिट्ठी पढ़ते-पढ़ते हठात् लगा, जैसे कोई पास के दरवाजे से छिपछिपकर देख रहा है।

कमला दत्त ने कहा, "कौन? कौन हो तुम?"

तभी कालो की मां आई। बोली, "मैं हूं बड़ी दीदीमनि!"

"तो छिप-छिपकर क्या देख रही है? छिपकर देखने का क्या है यहां? मैं कोई शेर-चीता हूं, जो खा जाऊंगी!"

कालो की मां सकपका गई। बोली, "मैंने तो कुछ देखा नहीं।"

"मतलब? मैंने देखा, तुम झांक रही थीं और अब ना कर रही हो?"

कालो की मां चुप हो गई; लेकिन कमला दत्त का मन खराब हो गया। आजकल प्रायः ही कालो की मां को इस तरह झांकते देखा है, जैसे कुछ सन्देह हो, जैसे पहरा दे रही हो, जैसे एकदम नजरबन्द करके रखा हो।

कल सुकुमारी के लड़के का अन्नप्राशन है। यहां से किसी को नहीं बुलाया है, सिर्फ कमला दी को आने को लिखा है। ऐसा सुयोग शायद फिर नहीं मिलेगा। सुबह की ट्रेन से अगर जाए तो शाम तक आसानी से लौट आएगी।

दूसरे दिन सुबह ही कमला दत्त ने कालो की मां को बुलाया, कहा, "एक चिट्ठी तुम्हें सेक्रेटरी के घर ले जानी होगी।"

"इतनी सुबह-सुबह कैसी चिट्ठी दीदीमनि?"

"लिखा है, मेरी तबीयत ठीक नहीं है। आज सुबह सेक्रेटरी के घर नहीं जा पाऊंगी, यही—हां, और सुबह इस समय मैं कुछ नहीं खाऊंगी। मैं अपने कमरे में आराम करने जा रही हूं। मुझे तंग मत करना।"

कालो की मां के जाते ही कमला दत्त ने जल्दी-जल्दी सब कुछ ठीक-ठाक किया। वैसे ले जाने को था ही क्या! आने-जाने के लायक कुछ रुपये, बस। सुकुमारी के पहले और दूसरे लड़के के समय गले की जंजीर और चूड़ियां देना तो हो ही चुका था। अब देने लायक कुछ नहीं था। चांदी के दस या बीस

रुपयों से ही काम चलाना पड़ेगा। खाली हाथ जाना ठीक नहीं है।

सारा होस्टल खाली पड़ा था। कहीं भी जन-प्राणी का नाम नहीं। सिर्फ इमारत के एक कोने में जमादार की कोठरी थी। दफ्तर में अच्छी तरह से ताला लगा दिया। वहां पर बहुत-से मूल्यवान् कागज थे। टाइ-पराइटिंग मशीन, स्कूल-फंड के कुछ रुपये और कुछ चेयर-टेबल। कमला दत्त के अपने कमरे में भी अब क्या रहा था! सोने की कोई चीज तो अब थी नहीं, ट्रक में सिर्फ कुछ मिल और तांत की साड़ियां थीं—वे भी सादी और सस्ती। और अध्यापिकाओं के कमरों में भी ऐसा कुछ नहीं था। जो था भी, सब अपने-अपने साथ ले गई थीं। पहरा देने लायक कीमती चीज कोई भी नहीं थी।

लेकिन और एक समस्या थी। घर पहचान पाएगी? कभी भी अकेली कलकत्ता नहीं गई थी। एक-दो बार गई भी तो सेक्रेटरी के साथ टैक्सी में। फिर काम हो जाने पर सेक्रेटरी के साथ ही लौट आती।

जो भी हो, फिर भी कमला दत्त को क्या हुआ, पता नहीं। नशे में शायद ऐसा ही होता है। यही छुट्टी का नशा, निषिद्ध काम को करने का नशा। निषिद्ध काम में शायद ऐसा ही आनन्द होता है, और इसी के लिए शायद सुकुमारी हर शनिवार को आदिनाथ के साथ कलकत्ते भागती थी। आज जैसे सुकुमारी का नशा कमला दत्त पर चढ़ा था। शायद सुकुमारी से छूत लगी है। वहां से भाग जाएगी—दूर, बहुत दूर। फिर कभी भी नहीं लौटेगी। वह शहर के किसी निर्जन भाग में एक छोटा-सा कमरा लेकर निलिप्त, निरभिमान और शान्त जीवन गुजारेगी। इतने दिन तक मनुष्यत्व के साथ उसका जो भेद है, जिसको उसने सबसे छुपाकर रखा, मुझमें अब और सबमें मैं का जो रोड़ा था, वह शायद अब समाप्त होगा।

आदिनाथ की बातें याद आ रही थीं—'पत्नी बनने की कोशिश कीजिए, पति मिलेगा; बहन होने की कोशिश कीजिए, भाई मिलेगा मां होने की कोशिश कीजिए, सन्तान मिलेगी। आप एक वास्तविक नारी बनकर रहिए। और मैं कुछ भी नहीं चाहता।'

स्कूल से निकलकर अकेली ही कब सड़क पर आ पहुंची थी, खयाल ही नहीं था। रास्ते में ज्यादा लोग नहीं थे। माथे को साड़ी से ढंके कमला दत्त रास्ते पर आ पहुंची थी यह बात जैसे उसे खुद को आश्चर्यजनक लग रही थी। यह

बात आखिर हुई कैसे—यह सोच नहीं पा रही थी।

अचानक उसे देखकर सुकुमारी जरूर ही खूब आश्चर्यचकित होगी।

आदिनाथ के चेहरे का भी ध्यान हो आया। उन लोगों की शादी पर नहीं जा पाई थी। आज सुकुमारी को आशीर्वाद दे आएगी। कहेगी,, 'सुखी रहो।'

फिर सुकुमारी शायद उन दिनों की बातें फिर से याद कराएगी। कहेगी, 'कमला दी, आप तो इनके साथ मिलने को मना करती थीं। तुम्ही तो कहती थीं—इसमें कल्याण नहीं है। तुम्हींने तो कितना रोका, नाराज हुईं। आज देख जाओ, हम कितने सुखी हैं! कितना मंगल हुआ है! कितना कल्याण हुआ है! हम लोगों ने जरा भी बुरा नहीं किया।'

सुकुमारी कहेगी, 'जब तक नौकरी करती थी, उस समय मेरा स्वास्थ्य कितना खराब था! आज शादी के बाद देखो, मैं कितनी मोटी हो गई हूं! मेरा रंग कितना साफ निकल आया है!'

सुकुमारी और भी कहेगी, 'तुम्हारे पास मैं सिर्फ शिक्षिका ही थी। और अब देखो, मैं मां बन गई हूं। तुम्हारी तो एक भी बात ठीक नहीं निकली कमला दी! तुमने सब झूठ ही कहा था।'

फिर सुकुमारी अपना घर दिखलाएगी—'यह मेरी रसोई है, यह सोने का कमरा है, यह बैठक और पूजा-घर, तुलसी और कमला दी, ये हैं मेरे छात्र—यह बड़ा लड़का, मझला और छोटा!' सब देख-सुनकर कमला दत्त कहेगी—'तुम लोगों को सुखी देखकर मैं बहुत खुश हूं सुकुमारी।

उस दिन मेरी ही भूल हो गई थी। मैंने तुझे जो कुछ भी उपदेश दिए, सब झूठे! सब बेकार की बात! मैंने गलती की थी, मुझे ईर्ष्या हुई थी। तू विश्वास रख।'

मौका मिलने पर आदिनाथ शायद पूछेगा, "फिर कभी उस पोर्चुगीज चर्च की ओर घूमने गईं क्या?'

कमला दत्त कहेगी, 'हां, गई थी।'

आदिनाथ पूछेगा, 'क्या देखा?'

'कुछ नहीं!'

'आपका लिखा वह नाम वहां नहीं है?'

'वह मिट गया है, और अगर न मिटा हो तो मिट जाना ही ठीक है।

इसीसे मैं खुद जाकर ही एक दिन मिटा आई।'

'क्यों?'

'इसलिए कि अनजाने में जो कुछ किया था, होश में आने पर वह सह्य नहीं हुआ।'

'यह आपसे किसने कहा कि अनजाने में आपने गलत काम किया था। आप खुद अपने मन को ही तो ठीक से पहचान नहीं पाईं!'

'अपने को क्या सभी पहचान पाते हैं आदिनाथ बाबू?'

'जरूर! मगर पहचानने की कोशिश ही नहीं की। आप तो अंधेरे कमरे में काली बिल्ली पकड़ने की कोशिश कर रही थीं।'

'लेकिन ऐसा क्यों हुआ? यह क्या मेरे जन्म-लग्न का फल है? बाबा कहते थे...'

इसपर आदिनाथ शायद ठठाकर हंस पड़ेगा। कहेगा, 'अच्छा, बतलाइए, सुबह सूर्य उगता है इसलिए हमारी नींद खुलती है या हमारी नींद खुलने का समय होता है, तब सूर्य उगता है?'

कमला दत्त कोई जवाब देने की कोशिश करेगी, लेकिन उससे सवाल पहले ही आदिनाथ कहेगा, 'उत्तर इतनी जल्दी न दीजिए। यह सवाल इतना सरल नहीं है।'

'सरल क्यों नहीं है?'

'अगर इतना ही सरल होता तो आपको कष्ट ही किस बात का था! प्रकृति के नियम को तो आप मानती नहीं हैं, नियम ही आपके लिए बेनियम हैं। उसका गुण-गान और नहीं करना होगा! प्रकृति तो आदिनाथ नहीं है कि सहज ही में छोड़ देगी। मैंने गिर्जा के चबूतरे पर ही आपको छोड़ दिया था, लेकिन वह अपना हिसाब पाई-पाई वसूल करेगी। वह न तो आदमी देखती है, न औरत। उसका बाकी वह लेकर ही छोड़ेगी।'

'लेकिन सेक्रेटरी तो कहते हैं, लाभ ही बड़ा है, हिसाब कुछ भी नहीं है। अगर लाभ हो तो हिसाब में भूल रहने पर भी कोई हानि नहीं।'

'लाभ में है ऊपर दूसरी मंजिल पर रहने वाला। ऊपर जाने के लिए नीचे दरबान को भूलने से नहीं चलने का। उसी दरबान का नाम है हिसाब, इसीका

मतलब है नियम।'

'नियम! किस बात का?'

'यही कि मैं आपको अच्छा लगा, या एक दिन आप मुझे अच्छी लगी थीं। यह नियम आपने उस दिन तो माना नहीं था?'

'लेकिन अभी भी तो समय है!'

'नहीं, और समय नहीं है।'

"क्यों?"

'लग्न पार हो चुकी है, प्रकृति का मिजाज ही ऐसा है। एक बार लग्न पार हो जाने पर वह फिर नहीं आती।'

'लौटती नहीं है? लेकिन मैं तो लौटने के लिए नहीं आई हूं आदिनाथ बाबू...!'

अचानक जाने कैसा शोर होने लगा। ट्रेन आने वाली है। प्लेटफॉर्म पर काफी भीड़ थी। टिकट तो ले ही चुकी थी। इस बार खयाल रखना होगा। घूंघट ठीक कर कमला दत्त तैयार ही हो गई। समय है। अभी भी लग्न पार नहीं हुई है!

"यह रहीं बड़ी दीदीमनि यहां हैं!'

"यह क्या कालो की मां! तुम यहां! तुम्हें तो बतलाया नहीं था? तुमसे तो कुछ भी नहीं कहा था!"

लेकिन अचानक सामने आए सेक्रेटरी राममोहन सेन। "आप?"

सेक्रेटरी ने कहा, "यूनिवर्सिटी से एक चिट्ठी आई है। यह देखो इसीलिए तुमसे कुछ परामर्श करना था।"

कमला दत्त ने कहा, "कहिए!"

सेक्रेटरी बोले, "एक मिनट में तो सब कहा नहीं जा सकता। और भी कुछ काम था।"

"तब स्कूल ही चलिए, या आपकी कचहरी?"

राममोहन सेन ने कहा, "एलेक्शन के सम्बन्ध में तुमसे कई बातें कहनी थीं। मैंने सदय बाबू की नामजदगी को रद्द करने का प्रबन्ध कर लिया है।"

फिर जरा रुककर बोले, "हमारी उस चिट्ठी के बारे में यूनिवर्सिटी वालों ने क्या कहा है, जानती हो?"

कालो की मां ने तब तक गाड़ी बुला ली थी। बात करते-करते सेक्रेटरी ने कमला दत्त को गाड़ी में चढ़ा लिया। और उधर कलकत्ते जाने वाली ट्रेन धड़-धड़ करती जुबली ब्रिज पार कर रही थी।

गाड़ी में पहले कमला दत्त उठी। फिर कालो की मां को चढ़ने का इशारा किया राममोहन सेन ने, सबसे बाद में खुद चढ़े। चढ़कर अच्छी तरह से दरवाजे बन्द कर लिए। गाड़ी ने चलना शुरू कर दिया था, लेकिन गाड़ी के पहियों की आवाज को दबाती ट्रेन की आवाज अभी भी आ रही थी।

सेक्रेटरी ने कहा, "तुम्हें शायद नहीं मालूम, कमेटी ने तुम्हारे वेतन में और पचास रुपये बढ़ा दिए हैं।"

कमला दत्त सिर्फ उनके चेहरे की ओर ताकती रही। कुछ भी जवाब नहीं दिया।

सेक्रेटरी ने कहा, "हम लोगों ने ठीक किया था कि तुम्हारा जो काम है, उसे देखते हुए तुम्हारा वेतन बहुत ही कम है।"

फिर भी वह आंखें फाड़े सेक्रेटरी की ओर देख रही थी।

सेक्रेटरी ने कहा, "सोचता हूं, तुम लोगों के होस्टल की इमारत बहुत छोटी है। पास में एक और बड़ी-सी इमारत बनवानी होगी। कर्मचारी बढ़ रहे हैं। छात्राएं भी पहले से काफी अधिक हो गई हैं। मीटिंग में कमेटी के सामने यह बात उठाऊंगा..."

अचानक तभी कमला दत्त बोल उठी, "जरा-सा पानी होगा?"

"पानी!"

सिर्फ कालो की मां ही नहीं, सेक्रेटरी भी यह सुनकर हैरान रह गए। पूछा, "पानी! प्यास लगी है? पानी पीना है क्या?"

कमला दत्त ने कहा, "नहीं।"

कमला दत्त ने फिर कहा, "जरा-सा पानी दीजिए न!"

इसके साथ ही कमला दत्त को लग रहा था, ट्रेन जैसे उसके सिर के ऊपर से धड़-धड़ करती जा रही है। एक-एक पहिया निकलता है और हर बार जैसे उसके सिर के हजारों टुकड़े करता जाता है। हर क्षण उसकी मृत्यु हो रही है। अकाल मृत्यु, जिससे उसे कोई छुटकारा नहीं है।

सेक्रेटरी ने फिर पूछा, “पानी का क्या होगा?”

लेकिन कमला दत्त को लग रहा था, एक घोडागाड़ी...गंगा ताई, वे लोग खूब सुखी हैं, तेल-नोन-लकड़ी और गृहस्थी तुम्हारे लिए नहीं है...हम लोग सेवा करने आए हैं, देख बेटी, देख, कैसे सुख में हूं! सुबह से एक प्याली चाय भी नहीं मिली है...तुम्हें कहते हैं वर्जिन मेरी, गुरु-मा... सजेगी क्यों नहीं, औरत को जात बिना गहने पहने अच्छी नहीं लगती... तुम्हारे अच्छे के लिए ही कह रही हूं। सुकुमारी, उसमें मंगल नहीं है, कल्याण नहीं है ...उसका मिथुन लग्न में जन्म हुआ है, उसके भाग्य में सुख नहीं है।

...शनि की दशा है, मैं क्या कर सकता हूं...सारे दिन क्या बातें करते हो, तुम लोगों की ऐसी क्या बातें हैं? न, आप समझाकर कहिए, अगर कभी... आप पत्नी हो सकती हैं, मां हो सकती हैं, बहन हो सकती हैं, आप साधारण औरत ही हैं...आपके लिए ही है यह स्कूल, कॉलेज, डिग्री...और तो पानू, मानू, भानू उनके लिए हैं पति उनके लिए हैं। लड़के-लड़की...उनके लिए ही है कुलाचार...बड़ी तकलीफ होती है... वह हैं सिस्टर निवेदिता, नाइटिंगल और वह कमला दत्त...वही...

सेक्रेटरी ने देखा, कमला दत्त अपने-आप से न जाने क्या बड़बड़ा रही थी।

फिर पूछा, “पानी का क्या होगा कमला?”

गाड़ी के चक्के से सारा माथा फट गया है। ...खून...खून...हाथ भी खून से सन गए हैं...ओफ...लोग क्या कहेंगे!

सेक्रेटरी ने कहा, “कमला, पानी का क्या करोगी?”

कमला दत्त बोली, “पानी के बिना साफ कैसे करूंगी?”

कमला दत्त तब भी सोच रही थी, आत्मोत्सर्ग के हिज्जे करो तो, ठीक-ठीक...कमला दत्त ने मुझे दो क्षण के लिए शान्ति दी थी...याद रखने लायक क्या आपके जीवन में कुछ...घटा ही नहीं...आधी रात को नींद टूटने पर क्या करती हैं...आप पिंजरे की चिड़िया हैं, फिर से जंगली चिड़िया बन जाइए न ...वह लिखा रहने दीजिए...आप एक मिनट के लिए भी कभी नारी रही थीं, यह इसी बात की साक्षी रहेगा...

सेक्रेटरी अभी भी कुछ समझ नहीं पा रहे थे। कालो की मां भी जैसे

हतवाक् हो गईं थी। कमला दत्त को वह पकड़े बैठी थी, जैसे उसके न पकड़ने से दीदीमनि गिर पड़ेगी। गाड़ी उस समय भी धड़-धड़ करती चली जा रही थी।

सेक्रेटरी ने कहा, "क्या हुआ है कमला तुम्हें?"

कमला दत्त ने कहा, "जरा-सा पानी दीजिए न!"

"पानी! क्या करोगी? पियोगी?"

कमला दत्त ने कहा, "नहीं?"

"तब?"

"हाथ धोऊंगी।"

सेक्रेटरी फिर भी कुछ नहीं समझ पाए। बोले, "हाथ क्यों धोओगी? हाथ में क्या लगा है?"

कमला दत्त ने कहा, "खून।"

कहकर आदिनाथ रुका। वोला, "उधर मैं कमला दत्त की चिट्ठी पाकर हावड़ा स्टेशन पर खड़ा था। एक के बाद एक ट्रेन आ रही थी और जा रही थी, कमला दत्त का पता नहीं। उस समय मैं इस सबके बारे में कुछ भी नहीं जानता था। बाद में सब पता लगा, कमला दत्त को सेक्रेटरी ने रोक लिया था।"

फिर जरा रुककर कहा, "इसके बाद जब भी हम लोगों के कोई हुआ, सूकुमारी ने हर बार कमला दी को निमंत्रण भेजा। कमला कभी कुछ रुपये, तो कभी कोई गहना भेज देती। मैंने भी कई बार सोचा कि एक बार हो आऊं। जाकर कमला दत्त से मिल आऊं अथवा गिरजे के उसी चबूतरे पर देख आऊं कि कमला दत्त के हाथ का लिखा मेरा नाम अभी भी उतना ही स्पष्ट है या नहीं; लेकिन मेरा जाना नहीं हो पाया। मेरा व्यापार भी धीरे-धीरे अब काफी बढ़ गया था। और शायद उम्र के साथ-साथ मन भी बदल गया था। कमला दत्त के प्रसंग को इस तरह आहिस्ता-आहिस्ता प्रायः भूल ही गया।"

मैंने पूछा, "और स्कूल?"

आदिनाथ बोला, "कहा तो कि स्कूल बाद में कॉलेज हो गया। कमला दत्त ने और भी तीन विषय में एम० ए० पास किया। वह अब कॉलेज की प्रिंसिपल थी। संक्षेप में, इस बीच बहुत कुछ बदल गया था।"

"फिर?"

"फिर काफी दिनों तक कोई खबर नहीं मिली। कई साल तो आसाम के जंगलों में ही कट गए। व्यवसाय में सभी कुछ भूल गया था। जवानी की वे आंखें ही बदल गई थीं। फिर तो चश्मा-वश्मा लगाकर प्रायः बूढ़ा ही हो गया। लड़की की शादी की चिन्ता अलग सवार थी सर पर। इसी बीच एक दिन ट्रेन में काछड़ा जाते एक आदमी से परिचय हुआ। बातचीत से मालूम हुआ कि वह हुगली के रहने वाले थे। उन्हींसे पूछा, 'हगली स्कूल की प्रधानाध्यापिका कमला दत्त को जानते हैं क्या?'

"वह नहीं पहचान पाए।

"इसके बाद मैंने पूछा, 'राममोहन सेन? उन्हें पहचानते हैं?"

"राममोहन सेन को वह पहचान गए। उस ओर उनका बड़ा नाम था। कहने लगे, 'अरे, वह तो बड़े दानी आदमी हैं महाशय ! अखबार में भी उनका नाम जब-तब निकलता रहता है।'

"कमला दत्त के बारे में मैंने उस दिन आखिरी बार कुछ सुना था; लेकिन इसके बाद करीब दो साल पहले अचानक कमला दत्त की एक चिट्ठी मिली। मैं उस समय डुआर्स में था, चिट्ठी दफ्तर के पते पर थी। दस-बारह जगह घूमकर वह चिट्ठी प्रायः एक महीने बाद मुझे मिली। उस चिट्ठी में कमला दत्त ने मुझसे एक अनुरोध किया था। हमारे एक लड़के को वह दत्तक लेना चाहती थी।

"कमला दत्त ने लिखा था, 'जीवन में बहुत-से स्वप्न, बहुत-सी कल्पनाएं थीं। सारे स्वप्न किसीके भी सफल नहीं होते। फिर भी कह सकती हूं कि मेरी एक साध कुछ अंश में पूरी हुई है। आज आपसे एक विशेष अनुरोध है आदिनाथ बाबू ! अपनी इस उम्र में सहारे के रूप में आपके एक लड़के का पालन-पोषण करना चाहती हूं, दत्तक के रूप में मैं अपने मन के मुताबिक उसका पालन करूंगी...' आदि-आदि।

"उत्तर में मैंने लिखा, 'मैं जल्दी ही कलकत्ते जा रहा हूं, पहुंचकर इसकी व्यवस्था करूंगा।'

"लेकिन इसके बाद करीब डेढ़ साल तक कलकते जा ही नहीं पाया। तरह-तरह के कामों में बुरी तरह से फंसा था।"

फिर जरा रुककर आदिनाथ ने कहा, "फिर कलकत्ते आया, लेकिन वह बात मेरे ध्यान में ही नहीं आई। आज बात करते-करते अचानक सब फिर से याद आया। आज सोच रहा हूं, दुपहर की ट्रेन से बैंडिल जाकर कमला दत्त से मिल आऊं।"

फिर न जाने क्या सोचकर बोला, "चलोगे मेरे साथ ? चलो न, कमला दत्त को देख आना।"

पता नहीं शायद कमला दत्त की कहानी सुनकर कैसी एक उसे देखने की मन में इच्छा हो आई। आज की कमला दत्त को देखकर शायद पहले की कमला दत्त का कोई आभास कर पाऊं!

कह दिया, "चलूंगा।"

इतने दिन बाद आज कमला दत्त की कहानी लिखते-लिखते न जाने क्यों मन बार-बार उचट जाता है। पहले भी कई बार कोशिश की, लेकिन लिख नहीं पाया, दो-एक पंक्ति लिखने के बाद ही रुक जाना पड़ता। लिखी पंक्तियां काट देता। फिर तो करीब-करीब कमला दत्त के प्रसंग भूल ही गया था।

लेकिन उस दिन अचानक फिर याद आ गया।

याद आने का भी एक कारण था।

लिखते-लिखते आज बार-बार वही बात याद आ रही है।

उस दिन घटनावश कलकत्ते के एक बालिका विद्यालय के पुरस्कार वितरण-समारोह में जा पहुंचा।

अचानक देखा, सभापति के आसन पर बैठे थे राममोहन सेन।' पास बैठे एक सज्जन ने भी कहा, 'उन्हीं का नाम है श्रीराममोहन सेन। आदिनाथ के धीरोदात्त नायक राममोहन सेन! अच्छी तरह से देर तक देखा। क्या प्रशान्त श्रीवान् चेहरा था! उम्र हो गई है, फिर भी स्वास्थ्य बनाए रखा है। सिर पर तरतीब से संवरे खिचड़ी बाल। कन्धे पर पटरी की चादर, चुन्नटदार धोती और गिले किया कुर्ता। उनके आसपास, आगे-पीछे असंख्य महिलाओं की भीड़ थी।

साथ ही फिर से पुरानी बातें याद आने लगीं। आदिनाथ की कहानी याद आई, सुकुमारी याद आई। आदिनाथ व्यापार करके और भी धनी हो गया है। घर बनाया है, गाड़ी ले ली है। सुकुमारी सुगृहिणी हो गई है। एक दिन घर से

अलग हो गया था। अब फिर सब ठीक हो गया है।

राममोहन सेन मोशाई उस समय गम्भीर वाणी में अपना भाषण दे रहे थे, मुहल्ले-मुहल्ले में हमें ऐसी संस्थाएं शुरू करनी होंगी, हर एक ग्राम में ऐसे ही आश्रम खोलने होंगे।

"यहां हम सब सेवा करने आए हैं, मनुष्यत्व-लाभ की दुः:साध्य साधना। संसार में हम अक्षय सम्पत्ति का अधिकार लेकर आए हैं। विधाता के दिए इतने बड़े दान को, इतनी सामर्थ्य को बेकार खोकर हमें उसका उपहास नहीं करना है। इस महान उद्देश्य को एक ओर कर नोन-तेललकड़ी के चक्कर में नहीं पड़ना है।"

मुझे याद आई काफी दिन पहले की घटना। दुपहर की ट्रेन से हम दोनों ही बंडिल के लिए रवाना हए।

जाकर दुःखान्त कुछ देखना होगा, यही आशंका थी, लेकिन वह इतना भयानक होगा, यह नहीं सोचा था। सोचा था, अगर किसी दिन कमला दत्त को लेकर कहानी लिखूंगा तो उस कहानी में यही बात कहूंगा कि हमारी अन्तर् प्रकृति में एक चिरन्तन नारी का वास है। पुरुष और नारी दोनों के अन्तर में ही है। वह कहती है, मैं ज्ञान नहीं मानती। परमार्थ नहीं मानती। ख्याति नहीं मानती। समस्त विश्व की निधि के बदले में जो चाहती हूं, वह परमामृत। वह कहती है—ख्याति और सम्मान काफी पाया है। वह केवल दूरत्व की ही सृष्टि होती है। अर्थ या सम्पत्ति भी नहीं चाहती, क्योंकि उसमें केवल विच्छिन्नता का भय है। मैं सिर्फ प्रेम चाहती हूं, शुद्ध प्रेम। कारण, ज्ञान—उसमें सिर्फ सोचना ही होता है; लेकिन प्रेम—वह मिलन कराता है। याज्ञवल्क्य से मैत्रेयी ने धन-सम्पत्ति नहीं मांगी, मांगा था प्रेम का वह परममंत्र। लेकिन जो इस प्रेम का एक कण भी नहीं पाता, जिसके जीवन में प्रेम की पवित्र लग्न कभी आई ही नहीं, जिसे जबर्दस्ती परमामृत से वंचित किया गया, उसी का नाम है कमला दत्त! सोचा था, कहानी में इसी बात को विभिन्न प्रकार से समझाने की कोशिश करूंगा।

लेकिन जाकर आंखों से जो कुछ देखा, उसके बाद कहानी लिखने का कोई प्रश्न ही नहीं उठता।

बैंडिल स्टेशन के पास ही पीपल का वह पेड़ आज भी वैसे ही खड़ा था;

लेकिन स्कूल का नाम लेते ही गाड़ीवान ने कहा, "स्कूल तो कभी का बन्द हो चुका है हुजूर!"

फिर भी गए, लेकिन स्कूल के सामने पहुंचने पर भीतर या बाहर कहीं भी किसी जीवित प्राणी का कोई नामोनिशान तक नहीं मिला। आदिनाथ ने कहा, "चलो सेक्रेटरी के घर चलें, वहां पहुंचकर शायद कमला दत्त का कुछ पता चले।"

सेकेटरी के छोटे लड़के बाहर आए, शिशुमोहन सेन। बोले, "कमला दी! कमला दत्त! आप लोग उनसे मिलेंगे!" फिर न जाने क्या सोचकर पूछा, "आप लोग कहां से आ रहे हैं?"

हम लोगों की बात सुनकर कहा, "अच्छा, आइए मेरे साथ।"

स्कूल के सामने पहुंचकर उन्होंने सदर दरवाजे का ताला खोला, हम लोग अन्दर गए, खाली इमारत। अन्दर चारों ओर घास और तरह-तरह के पौधे उग आए थे। आदमी के रहने का कहीं कोई निशान नहीं था। फिर अन्दर जाकर एक और कमरे का दरवाजा खोला। शिशुमोहन बोले, "वह देखिए...उधर...!"

अच्छी तरह से देखने की कोशिश की। लगा, खिड़की-दरवाजे बन्द कमरे में टेवल के पास जैसे एक मूर्ति निश्चल बैठी है। हम लोगों को देखते ही उठकर सामने आ गई। सुर के बाल आधे पक गए थे। काफी दिन से बालों में तेल नहीं पड़ा था।

आदिनाथ ने धीरे से कहा, "कमला दत्त!"

कमला दत्त तब तक हम लोगों के पास आ गई थी। कुछ देर हम लोगों के चेहरे की ओर न जाने क्या देखती रही, फिर बोली, "आप लोग कलकत्ते से आए हैं?"

आदिनाथ ने कहा, "हां।"

कमला दत्त ने फिर कहा, "हम लोगों का कॉलेज देखने आए हैं न! आप लोगों के लिए ही मैं बैठी थी। हां, तो आइए मेरे साथ!"

फिर हम लोगों को साथ लेकर बाहर आई। वहां भी कोई नहीं था। ईंट, चूने, बालू के स्तूप अभी भी वैसे ही खड़े थे। कुछ पौधों ने उगकर जगह को और भी भयानक बना दिया था। कमला दत्त की ओर तिरछी नजर से देखा—प्राणहीन दो कठोर आंखें, चेहरे पर भी अस्वाभाविक रूक्षता, सारा शरीर कृश।

वहां खड़े होकर कमला की वह प्रतिमा देखकर जैसे डर लगने लगा।

कमला दत्त ने सामने की ओर उंगली से इंगित करके कहा, "वह देखिए—पूर्व में जो खुली जगह देख रहे हैं, वहां हम लोगों की केमिस्ट्री और फिजिक्स की प्रयोगशाला होगी, और उसके पास ही होगा फिजिकल कल्चर, जिमनैजियम, और वह खाली मैदान देख रहे हैं न, उसमें बनेगा एक काफी बड़ा हॉल—किसी मशहूर व्यक्ति के आने पर वहां उसका भाषण होगा—और अभी वैसे यह कॉलेज है, लेकिन एक दिन इसे यूनिवर्सिटी बनाने की इच्छा है हमारे सेक्रेटरी की...हमारे सेक्रेटरी से मिले हैं आप लोग?"

कहकर कुछ देर अपने-आप न जाने क्या बड़बड़ करती रही; फिर बोली, "कुलाचार के बिना सिद्धि नहीं होती।"

सब असम्बद्ध प्रलाप! डर लग रहा था।

बाहर आने पर सेक्रेटरी के छोटे लड़के ने कहा, "कितने ही डॉक्टरवैद्यों को दिखलाया गया है, बाहर भी कई बार भेजा गया है, लेकिन कमला दी को सभी जगह से लौटना पड़ा। कहते हैं—बड़ा उत्पात करती हैं। अब इसीलिए यहां स्कूल में ही रखा गया है। देखभाल के लिए साथ में कालो की मां है। यहां वह फिर भी शान्त रहती हैं। नहीं तो..."

आदिनाथ यह सब कुछ भी नहीं जानता था। उसने पूछा, "आपके बाबा कहां हैं—स्कूल के सेक्रेटरी?"

"बाबा एक काम से आज कलकत्ता गए हैं। तरह-तरह के कामों से उन्हें प्रायः ही कलकत्ते जाना पड़ता है। आने में देर होगी।"

आदिनाथ ने पूछा, "लेकिन यह स्कूल बन्द क्यों हो गया?"

"स्कूल के लिए तो बाबा ने प्रायः सब कुछ ही खर्च कर डाला। जितने दिन तक कमला दी अच्छी थीं, स्कूल चलता था। फिर जब कमला दी का यह हाल हो गया तो स्कूल और कोन देखता?"

आदिनाथ बोला, "लेकिन दो साल पहले तो कमला दत्त ने मुझे यह चिट्ठी लिखी थी!"

और आदिनाथ ने सचमुच ही अपनी जेब से पुरानी चिट्ठी निकाली।

सेक्रेटरी के लड़के ने कहा, "दो साल पहले भी स्कूल चल रहा था। फिर

उनका खुद का शरीर ही ठीक नहीं रहा, तो स्कूल बन्द करने के सिवाय उपाय ही क्या था!"

कमला दत्त तब तक उसी तरह बड़बड़ाती चुपचाप अपने कमरे में चली गई।

हम लोग भी बाहर आकर खड़े हो गए। सेक्रेटरी-पुत्र भी आहिस्ताआहिस्ता ताला बन्द कर हम लोगों के साथ सड़क पर आ गए।

सभा में राममोहन सेन तब भी कहे जा रहे थे—"पृथ्वी पर और लोग चाहे जो कुछ करें, चाहे जो कुछ सोचें, यहां हम शान्ति पाने नहीं आए हैं। आराम करने नहीं आए हैं। हमें कल्याण चाहिए। कल्याण चाहने पर दुःख-कष्ट से डरने से तो काम नहीं चलेगा। कल्याण तो संसार में आता ही दुःख का मुकुट पहनकर है..."

थोड़ी देर बाद भाषण समाप्त हुआ और साथ ही जोर-जोर से तालियां बजने लगीं, जैसे रुकना ही नहीं चाहती थीं।

लेकिन मैं कोशिश करके भी ताली नहीं बजा पाया था। मुझे जैसे लग रहा था कि आज एक कमला दत्त हजार-हजार कमला दत्तों में बदल गई हैं। मेरी आंखों के सामने उस समय बन्द कमरे में कमला दत्त की पत्थर जैसी मूर्ति घूम गई। मन में हआ—वह जैसे उल्लास-ध्वनि न होकर आर्तनाद था। कासिम खां के अत्याचार से जैसे चारों ओर हजारों वर्जिन मेरी त्राहि-त्राहि कर उठीं।

□□